マドンナメイト文庫

彼女の母親に欲情した僕は……

羽後 旭

目次

contents

彼女の母親に欲情した僕は……

第一章　禁忌の濡れた唇

1

「ああっ……それ、いいの……あ、ああっ」

　薄暗い室内に、少女の甘やかな声が響いていた。カーテンを引いているとはいえ、隙間からは西陽が洩れている。オレンジの光に照らされた少女の姿は美しい。おまけに、彼女は全裸で跨《また》がり、腰を振っているのだ。高校生の木内博道《きうちひろみち》にとっては、まさに天国のような状況だった。

（ああ、気持ちいい……結那《ゆな》ちゃん、なんてエッチなんだ……）

　ゴムをつけているとは言え、与えられる愉悦は格別だった。自分にはもったいないくらいの美少女が、自分とのセックスに没頭しているのだ。

「ヒロくん、好きだよ……あ、あぁ……好きぃ……」

結那は舌足らずに呟《つぶや》くと、上体を倒して博道との口づけをせがんでくる。

蕩けるように柔らかい舌が口腔内に挿し込まれ、博道を求めて動き回った。呼応して舌を差し出すと、すかさず絡みついてくる。ピチャピチャと唾液が掻き混ぜられる音と、悩ましい吐息が室内にこだました。

（一生懸命に求めてくれている……こんなにかわいい女の子が僕の彼女だなんて、いまだに信じられないよ……）

静井《しずい》結那は博道とはただのクラスメイトだったが、三カ月ほど前、彼女からの告白を機に彼氏彼女の関係になった。博道にとっては人生で初めての恋人である。

最初は気恥ずかしくてどうしていいのかわからなかったが、徐々に関係にも慣れはじめ、交際から一カ月後にはキスをして、二カ月目には身体の関係を持つようになっていた。それ以来、彼女の家で睦事《むつごと》をするのは当たり前のことになっている。

「ああっ、すごい気持ちいいよ……気持ちいいところに当たるの……あ、ああっ」

朱舌を繋《つな》げながら、結那の腰遣いが激しくなる。前後左右に揺れたかと思えば打ち下ろし、蜜壺のすべてで博道を感じようとした。

大きすぎず小さすぎずの絶妙なサイズの乳房が目の前で弾みつづける。丸くて張りの強い乳丘が、博道にはたまらない。乳頭は固く膨れていて、彼女の興奮の度合いを物語っていた。

「ああっ、結那ちゃんっ」

博道は本能の求めるままに弾む乳房を鷲掴む。同時に結那の打ち下ろしに合わせて腰を突き上げた。

「ひぃ、ん！　あ、ああっ……それダメっ、ダメぇ！」

結那は甲高《かんだか》い悲鳴を響かせて、体勢を維持できなくなったのか博道へと倒れてくる。セミロングの艶やかな黒髪が目の前に来て、女の子特有の甘い香りが鼻腔を満たした。

柔らかい肌が密着し劣情を一気に煽る。痛いくらいの勃起はもう限界だ。

「ううっ、出る……ああっ、イク！」

汗ばんだ背中を抱きしめて、博道は欲望のすべてを吐き出した。

二度三度と肉棒は跳ね上がり、それに合わせて結那が揺すられる。「あっあっ」と彼女の甘い声がした。

（またイカせられなかったな……）

吐精後のぼんやりした意識のなかで、博道は反省する。

（セックス中にあれだけ感じてるんだ。イッてくれたら、ものすごく乱れてくれそうなんだけどな……）

結那を果てさせるために性技の情報を日常的に掻き集め、行為のたびに実行するが、なぜか一度として上手《うま》くいったことがない。

だが、そんな博道の気持ちに気づかぬ結那は、蕩けた笑顔を向けてくる。

「ヒロくぅん……気持ち、よかったよぉ……」

汗ばんだ額と頬には黒髪が貼り付いていた。

その表情で言葉が嘘ではないと理解する。自分にはもったいないほどの恋人だ。

（なのに……僕って奴は……）

胸の奥がズキリと傷んだ。良心が悲鳴をあげている。

気のせいだと思うことにしていたことが、どう頑張っても否定ができない。

（僕の気持ちは絶対に誰にもバレてはいけないんだ。結那ちゃんにはもちろん、当の本人にも絶対に……！）

乱れる自身の胸中をなんとか隠し、博道は甘える結那の背中を撫でた。

行為後に恋人らしく甘いときを過ごしてから服を着る。全身からほんのり香る結那の香りに後ろめたいものを感じてしまう。

（こんな状態で結那ちゃん付き合っているだなんて、本当に僕は悪い男だ……）

ベッドに腰掛けていると、結那が甘え足りないとばかりにぴったりと密着し、コテンと頭を肩へと乗せてきた。

浮かべている微笑みは柔らかく、まさに恋する乙女のそれである。かわいいと思うと同時に、またしても胸の奥に鈍い痛みを覚えてしまう。

「私ね、近いうちにお父さんの実家に遊びに行こうと思ってるんだぁ」

「そっか。たしか、隣の県だったよね？」

博道が尋ねると、結那はうんと頷《うなず》いてくる。

結那の父親はすでにこの世にいない。彼女が小学生のときに、交通事故で他界してしまったらしい。

（つまり、お父さんが亡くなってから今まで結那ちゃんを一人で育ててきたのは……）

そこまで考えたところで、階下の玄関で鍵を開ける音がした。

全身に緊張が走る。ピクンと肩が小さく跳ねた。

「あ……お母さん、帰ってきたみたいだね。もっとゆっくり出かけていればいいのになぁ」

結那はつまらなそうに言うと立ち上がり、「ちょっと待っててね」と言い残して階段を降りていった。

(本当にそうだ……顔を合わせるたびに僕は……)

心臓の鼓動が激しくなった。膝に置いている両手が微かに震えてしまっている。

自身を蝕《むしば》む感情と身体の変化は否定できない。博道にとって結那の母親は……。

二人分の足音が階下から近づいて、ノックのあとにドアが開かれた。博道の緊張が一気に頂点へと達する。

「博道さん、いらっしゃい。いつも結那とありがとうございます」

ドアから姿を現した女性の姿に、博道の全身は硬直した。彼女を目にした瞬間に、頭の中が真っ白になってしまう。

(ああっ、結那ちゃんのお母さん……美彩子《みさこ》さん。今日もなんて綺麗なんだ……)

静井美彩子はいつもと変わらぬ優しい微笑みを浮かべていた。烏の濡羽《ぬれば》色をした長髪が、西陽に照らされてキラキラと輝いている。

「もう。お母さんったら、別に毎回顔を見せなくてもいいじゃない」

「そんなわけにはいかないわ。だってあなたを受け入れてくれた大切な彼氏さんですもの。母親として、常に感謝くらいは伝えないとね」

不満そうな結那へ当たり前のように言っている。

本来ならばこちらは恥ずかしく思うべきなのだろうが、博道の意識は完全に美彩子に向いていた。

(見れば見るほどに、美彩子さんに惹かれてしまう……ダメだとわかっているのに目が離せない……)

左右で等しい目は大きくて、ぱっちりと二重を刻んでいる。少し垂れ目なところが彼女の優しさを表現していた。丸みを帯びた顔の輪郭も相まって、美人というよりはかわいいといった趣《おもむき》だ。

(顔はもちろんなんだけど……体もすごく魅力的で……)

雪のように白い肌はなめらかで、柔らかさまでをも感じさせる。痩せすぎず太すぎずの絶妙な肉づきが、熟れた女としての魅力を放っていた。

そして、何よりも目を引くのは胸部の大きな膨らみだ。

(いったい何カップあるんだろう……結那ちゃんには悪いけど、全然比べ物にならないくらいだよな)

結那しか女を知らない博道には、服に隠れた美彩子の巨乳は想像すらできなかった。それゆえに、どうしても興味を持たずにはいられない。

（おっぱいはもちろんだけど、そもそも美彩子さん自身が魅力的すぎるんだ。やっぱり僕は……美彩子さんが好きなんだ）

絶対タブーの恋心であると理解している。

恋人と付き合っておきながら、その母親に恋慕し欲情するなどあってはならないことである。博道は未成熟な理性でなんとか自らの想いを抑える日々だった。

「そうそう。この前、お仕事先でもらったお菓子があるの。せっかくだから結那といっしょに食べてください」

博道が一人考え込んでいると、美彩子が清らかな声で言ってくる。

「い、いやっ、そんなお気遣いなんかしなくてもっ」

「いいんだよ。私たちだけじゃ食べきるのが大変なんだし。いっしょに食べよ。ね？」

不満そうだった顔はどこへやら。結那はお菓子と聞くやいなや目を爛々《らんらん》と輝かせる。女子が甘いもの好きというのは間違いではないらしい。

「じゃあ、用意しますからね。お茶を淹《い》れるから結那も手伝ってちょうだい？」

「はーい。じゃあヒロくんはちょっと待っててね」

結那はそう言うと、軽い調子で手のひらをひらひらとさせながら、美彩子とともに階段を降りていった。

残された博道は、ため息とともに頭を抱《かか》える。

（こんな気持ちは早く捨てないと……結那ちゃんに申し訳ないし、美彩子さんにだって迷惑なだけなのに……）

罪悪感が自身を貫き、胸が痛い。

だが、下半身は正直だった。さっき結那で果てたというのに、肉棒は完全な屹立状態と化している。

頭の中では美彩子のあられもない姿が消えてくれない。どんな顔をして喘ぐのか、乳房の姿は、秘所の光景は、挿入の心地よさは……考えれば考えるだけペニスは脈打ち、卑しい透明粘液をちびり出す。

（いったいどうすればいいんだろう……どうすれば僕は……）

室内に充満する結那の甘い香りが博道を責めているように思えた。

2

静かな昼下がり。

リビングには控えめだが悩ましい美彩子の声が響いていた。

「あ、あ……うぅん……」

ソファに腰掛けた美彩子の下半身には何も纏《まと》うものがない。両脚を座面に乗せて、いわゆるM字開脚の状態だった。

(ああ、周りまでヌルヌルになって……私ってなんてはしたない女なの……)

自らを貶《けな》すも、牝の本能には抗《あらが》えない。美彩子は丸出しになった姫口を突き出すようにして、なおも手淫を繰り返す。グチュグチュと品のない粘着音が響き渡り、甘い声のボリュームは無意識に増してしまう。

(こんなことしちゃいけないのに……しかも……娘の彼氏を想像してオナニーなんか……っ)

良心が自分の浅ましさを責め立てる。

しかし、そんな罪悪感すら快楽の糧《かて》となり、秘唇を弄《いじ》る手をさらに激しいものへと変化させていた。

(結那、ごめんなさい……あなたの大好きな彼氏に発情するいやらしいお母さんで……妄想だけ……オナニーだけだから……っ)

美彩子は心の中で詫びながら、蜜口の中へと指を進める。

「きひっ……あ、ああっ……気持ち、いい……はぁ、ぁっ」

すっかり蕩けた密膜が自らの指を食い締める。これが博道のペニスだったらどんなに幸せなことであろう。

（奥まで入れてほしいの……いっぱい突かれて……結那と同じようにしてほしい……っ）

本人たちは隠しているつもりであろうが、二人が蜜事を繰り返しているのはとっくに把握している。

結那の部屋に漂う空気には、明らかに男女が交わった生々しさがあるのだ。

（博道さん……いったい結那とどんなエッチしているの……）

自然と股間を突き出して、痴女のごとく腰を上下左右に揺らしてしまう。

羞恥と快楽とが絡み合い、美彩子は愉悦の頂《いただき》へと近づいていた。

「あっ、ああっ……イク……イッちゃう……あ、ああっ！」

膨らみきった牝芽を押し込んだ刹那、全身に鋭い喜悦が走り抜ける。

ビクビクと四肢の先まで痙攣し、おとがいを天井へと向けた。

（私……またこんなことで気持ちよくなって……いけないことだってわかっているはずなのに……）

美彩子にとって自慰行為は常に理性とのせめぎ合いだ。

博道を想っての卑猥な一人遊びを今まで何度繰り返したことだろう。

(博道さんが……あんなに私のことを熱く見てくるから……)

彼が自分に女を求めているのは、とっくの前からわかっていた。

それに気づいたのは博道が家に来るようになってすぐだっただろうか。

(夫が亡くなって、私一人で結那を育てて……女として見られることも、求められることも忘れた私には、あまりにも刺激が強すぎた……)

女手一つで子供を育てる大変さは想像以上のものだった。美彩子は必死に毎日を送り、恋愛だとか快楽だとかに気を向ける余裕などなかったのだ。

それが、結那が高校に進学して、ようやく自分の時間が持てるようになったところで、再び思い出してしまった。そのきっかけが、自分が必死に育ててきた娘の彼というのは冗談にもほどがある。

(……期待めいた感情を持っている自分がいる。こんな年増で枯れているような私に、女として接してくれるんじゃないかって……)

馬鹿げたことだし浅ましいことだと理解はしている。

だが、一度ついた期待の炎を消すことは難しい。

博道を想えば胸が苦しくて、頭がほわほわとしてしまう。もはや感情に嘘をつくのは不可能だった。

(三十八にもなってこんな感情抱くなんて……それも、うんと年下の、結那の大事な彼氏に……私って女は本当に……っ)

いくら自分を罵倒しても、溢れる想いとこみ上げる牝としての欲求は拭《ぬぐ》えない。

絶頂を経たばかりだというのに子宮が疼いた。ドロドロになった膣膜が、期待するかのようにクチュリと音を立てて収縮する。

(私はおかしくなってしまった……毎日のようにオナニーなんて、昔は絶対にありえなかったのに……っ)

無意識に指が秘唇へと触れてしまう。大量の愛液に浸る牝膜からは、またしても甘やかな愉悦が湧き上がる。

(ああっ……したいの……抱いてほしいの……博道さんに……私をとことん貪《むさぼ》ってほしいの……っ)

淫女のごとく本能を剝き出しにし、美彩子は再び股間を弄りはじめるのだった。

3

（まったく、結那ちゃんったら……）

博道は一人、住宅街を歩いていた。ただでさえ寒いのに、冬特有の乾燥した風が肌を刺す。強い西陽も暖かさを感じるには力不足だった。

通学用のカバンの中には、結那の小物入れが入っている。教室の机に置き忘れたので、家に持っていってくれないかと言われたのだ。

（中身は見るなって言ってたけど……言われなくても知ってるよ。手荒れ防止のクリームやらなんやらと……コンドームだよな）

彼女がポーチを手にするのは何度も見ている。いざというときのためのコンドームも見せていた。

（学校とかデート中にってことだったけど……残念ながら一度もそういう状況になってないんだよな。学校でエッチなんていいよなぁ……）

特殊な状況下でのセックスに興味持たないはずがないが、果たして実現するのはいつのことであろうか。

結那の家への光景はすっかり見慣れたものになっている。あの角を左に曲がれば、彼女の家は目の前だ。

（……美彩子さん、もしかしているのかな）

手芸に長《た》けているらしい彼女は、公民館や文化センターなどで手芸の先生をしている。この時間は帰宅しているかしていないかの微妙な時間帯だった。

（結那ちゃんのいない状態で美彩子さんと会うのはマズい。本当に冷静でいられなくなりそうだ……ポーチはポストにいれるだけでいいよな）

女を襲うような度胸はないが、自分から心をかき乱す必要もない。

さっさと用事を済ませて帰ってしまおう。博道はそう決めて交差点の角を曲がった。

「あら、博道さんじゃないですか」

まさかの展開に息が止まった。

結那の家の目の前に、ちょうど帰宅したばかりの美彩子がいたのだ。

（うわ……タイミングが悪すぎる……いや、よすぎるとも言うけれど……）

理性と欲望の葛藤がまたしても再燃する。いつ見ても美彩子はやっぱり魅力的すぎて、博道の思考はふわふわとしてしまった。

「いったいどうしたんですか？　結那は今日、習い事の日だからいませんよ？」

博道の胸中などわからぬ美彩子は、いつもの優しげな瞳でこちらを見つめる。艶やかな黒髪と真っ白な肌が輝いているように見えて仕方がない。

「え、えっと……結那ちゃ、結那さんが学校に忘れ物をしたので、代わりに届けに来たんです。これなんですけど……」

博道はしどろもどろになりながら、カバンの中からポーチを取り出す。

「あら……まったく、あの子ったら。すみませんね、わざわざ」

「い、いえ……」

(まずいまずい……早く立ち去らないと……っ)

申し訳なさそうに苦笑する美彩子を直視できない。彼女の表情のすべてが博道を魅了してたまらなかった。このまま彼女と顔を合わせていれば、自我を失いかねない。

だが、そんな博道に彼女は思いがけないことを言ってきた。

「せっかく来られたんだし、お茶でもいかがですか？　その……結那とのこともいろいろと聞きたいですしね」

(えっ……それは……)

結那とのことを聞きたいと言われて、断るわけにもいかない。年頃の娘を持つ身としては、異性と交際している以上は気になることもあるだろうし、その相手が要望を拒否するなど、あってはいけないことだ。そのくらいのことは博道にも理解できる。

（……大丈夫だよな。ただお話しして、適当な時間に理由つけて帰ればいいんだ）

「わ、わかりました……」

「ありがとうございます。それじゃ、どうぞ」

柔和な笑みを浮かべた美彩子が宅内へと博道を招き入れる。

結那とは違う甘い香りが鼻腔に届いた。いつも感じる美彩子の香りだが、結那がいないぶん、やたらと濃く感じられる。

（落ち着け……間違っても勃起なんかするんじゃないぞ……）

疼きはじめた股間を叱咤する。恋人の母親を前にして、勃起など絶対にしてはならないのだ。

痛いくらいの胸の鼓動と苦しいほどの緊張のなか、博道は彼女宅の敷地へと足を踏み入れた。

お湯を沸かしたやかんを持つ手が震えていた。強烈な緊張感と妙な罪悪感とが美彩子の中で激しくなる。

（何を取り乱しているの……招き入れたのは自分自身じゃないの）

自分の言動に呆れてしまう。こうなることなど、簡単に想像できたではないか。

（ただお茶を飲みながら結那についてお話しするだけ……それ以外のことなんて何もないの。緊張する必要なんて少しもないんだから……）

玄関で靴を脱いでから今までの短時間で、何度同じことを思ったか。娘を持つ三十八歳の女として、あまりにも情けない。

（でも……ダメだと思えば思うほど……意識してしまう。博道さんと二人きり……結那はしばらく帰ってこない……）

ちらりとソファに腰掛けている博道を見る。

自分と同じく緊張しているのだろう。姿勢よく直角に座って、落ち着かない様子である。

（私は大人なんだから……間違っても変な気を起こしてはダメ。彼の視線は気のせいだし……何より、彼は結那の彼氏なのよ。娘の恋人にこんな感情、親としても人としても許されないいんだから……っ）

美彩子は自分の邪《よこしま》な想いを断ち切ろうと、ぶんぶんと首を振る。

彼女の母を演じなければ。一歩でも間違えてはならない。間違えたならば、自分も彼も奈落の底まで落ちてしまう……。

「お待たせしました。お菓子も好きに食べてくださいね」

感情に蓋《ふた》をして、清く正しい母親を演じる。

もっとも、完全に演じきれる自信などない。美彩子は極力彼に視線を合わせないようにした。

「あ、ありがとうございます……」

博道の声は小さくかすれ気味だ。少し震えている様子まである。

(そんなに緊張して……なんだかかわいそうになってしまう……)

トクンと胸が疼いたのは、明らかに母性だった。

(このまま抱きしめてあげたい……胸に顔を埋《うず》めさせて、ゆっくりと頭を撫でて……)

ただ年下の男の子を可愛がるだけである。それ自体に性的なものなどありはしない。

だが、博道にとっては違うだろう。仮に彼が理性を失って自分を押し倒してきたとしたら、抵抗できる自信はない。

(何を考えているの。結那との話を聞くつもりで招いたんじゃないの。結那とのお話を聞かなきゃ……)

邪な考えを隅へと追いやり、美彩子はそっと博道に尋ねる。

「結那との交際は順調かしら。あの子、ちょっとわがままなところがあるから大変でしょ？」

「い、いえ。そんなことは……」

「ねぇ、学校とかではどんな感じであの子とお話ししているの？」

邪念を振り払うかのように、美彩子は矢継ぎ早に博道に質問した。

彼はしどろもどろになりつつも、必死に答えを返してくれる。

（誠実な子ね。ますます興味を惹かれてしまう……）

返答そのものに興味があるわけではない。

返答しようとする博道自体に興味があった。よからぬ好奇心や感情がどうしても拭いきれない。

「なるほどね。ふふっ、あの子に博道さんみたいな素敵な彼氏ができてよかったわ。母親としてとっても嬉しいです」

ある程度質問と会話を繰り返し、美彩子はふっと微笑んだ。優しく清楚《せいそ》な母親を演じるのだ。微笑みはある意味で仮面だった。

「いえ……僕にはもったいないくらいの彼女で」

「そんな謙遜なんてしなくてもいいんですよ。同じ女として羨ましいわ。私も博道さんみたいな……あっ」

自分の口から出た言葉で瞬時に固まる。

慎重に慎重を重ねたはずなのに、思わず本音が出てしまった。

（お世辞だと思ってくれればいいけれど……いや、お世辞ではないけれど……）

気まずい緊張のなか、ちらりと博道に視線を向けた。

そして、驚愕してしまう。

（博道さん……そんな目で私を……っ）

ぽかんと口を開けた博道の顔があった。そうとう衝撃を受けたのだろう、瞬きすら忘れて自分を見ている。

（い、いけないいっ。何か上手いことを言って取り繕わなきゃ！）

もはや平穏さなど演じられない。美彩子は必死になってこの場を逃れる術《すべ》を考える。だが、混乱する頭では言葉など一つも浮かんでなどこない。

「あ、あの……その言葉が本当なら……とんでもなく嬉しいです……」

震えた声で博道が言う。

静止しなければ。冗談だよと軽い調子で言って、この場を切り抜かなければならない。

だが、美彩子は唇どころか瞳すら動かせなかった。

静かなリビングで少年と視線を合わせつづける。もう、状況を変えることなど不可能だった。

（ダメ……私、自分を抑えられない……）

どちらからともなく移動して、互いに身を寄せ合ってしまう。

博道の顔は赤かった。双眸は未熟ながらも官能的に潤って、一瞬たりとて自分から外れない。

「博道さん……私みたいな年増を……んんっ」

言葉は少年の唇で塞がれた。なめらかな口づけへの移行に少し驚く。

（結那とそれだけしているってことかしら……ああっ）

博道の舌が唇を割ってきた。柔らかさと熱さに全身が総毛立つ。

（この感覚久しぶり……ダメ、身体が勝手に……）

ずっと守ってきた貞操が音もなく溶けていく。頭がぼんやりとしてしまい、無意識に博道にしがみついた。

「ああ、美彩子さん……」

（私の名前、呼んでくれた……）

いつもは「結那ちゃんのお母さん」などという回りくどい呼び方だった。あくまでも自分は結那を介した存在でしかなかった。

だが、今は違う。少年は自分を一人の女として見てくれているのだ。

良識や理性を女の矜持《きょうじ》が上回る。もう美彩子は己の欲望を止められない。

「もっと呼んで……ああ、美彩子って呼んで……っ」

美彩子からも舌を絡めて熱烈に求めてしまう。年齢差や立場の違いを超越し、男女として一つになりたくて仕方がない。

「美彩子さん……はぁっ、美彩子さん……っ」

博道の舌遣いも激しくなって、美彩子の口内に熱い粘膜を這わせてくる。

(ああ……こんな一生懸命キスしてくれるのね。幸せ……もっとキスしてほしい……)

女としての渇望を堪《こら》えられず、美彩子もさらに舌を絡ませる。

いつの間にか彼の背中に手を回し、きつく抱きしめていた。

(ダメ……キスだけなのに私……もう我慢できない……っ)

必死に蓋をしていた恋情と色情とが溢れ出して止まらない。美彩子はもはや母親でもなんでもなく、一人の女として酔うしかなかった。

4

博道はキスをしつつも放心状態だった。

頭の中は混乱の極みであるが、男としての本能が勝手に口づけを濃厚なものへと突き動かしている。

(美彩子さんとキス……しかも、こんな舌まで絡め合うなんて……っ)

胸を痛めるほどに憧れていた美彩子との口づけは、まさに至福というより他にない。舌の柔らかさや唾液の甘さがたまらなく、いつまでも繋がっていたいとすら思った。

(で、でも……結那ちゃんが……ああ、僕は取り返しのつかないことをしているぞっ)

自分がしていることは紛うことなき浮気である。バレたら最後、フラレたうえ永遠に白い目で見られることだろう。それだけは避けなければならない。

「んぁ……博道さん、今、結那のことを考えてますよね……?」

「え……それは、その……っ」

ズバリと言い当てられて焦ってしまう。

美彩子とこんなことをしておきながら、娘とはいえ他の女を考えるのは失礼だろう。また、一方で浮気行為をしながら恋人を失いたくないという自分勝手さを見透かされたようで恥ずかしかった。

「博道さん……」

だが、美彩子は至近距離で目を見ると、そっと両手で頬を包んでくる。

瞳はすっかり濡れていた。情欲とも愛情とも取れる炎が揺れている。

それは紛れもなく、大人の女だけが見せられる艶めいた表情だった。

「今は……よけいなことは考えないで。目の前の私のことだけを考えてください」

眉尻を下げた表情はどこか儚《はかな》い。少しもぶれることなく見つめてくる視線は、明らかにすがるものだった。

(こんなの……もう無理だっ)

未熟な理性が決壊する。恋人がいようがもはや関係ない。憧れていた美女が自分を求めているのだ。それに応えずになんとする。

「美彩子さん……ああっ」

博道の意識が一瞬にして美彩子のみに覆われる。

美彩子をしっかりと抱きしめ直すと、再び朱唇を求めていた。

すぐに舌で割り裂いていく。

「んあっ……そうですっ。もっと求めて……んふっ」

彼女もすぐに呼応して、荒々しく舌を絡ませてくる。

先ほどまでのどこか控えめな動きとはまるで違う。本気で一つになろうとしている必死なものだった。

（美彩子さん、すごい……っ。頭がくらくらする……）

夢にまで見た美彩子との口づけは、あまりにも甘くて劇薬だった。

同時に、股間の膨張も著《いちじる》しい。

「あぁ……博道さん、私でこんなになってくれるんですね……」

勃起に気づいた美彩子が股間の盛り上がりに手を重ねてくる。

それだけで電流が走ったかのように身体が跳ねた。甘い余韻が全身に染み渡る。

「み、美彩子さん……そこは……」

急に恥ずかしさがこみ上げて、博道は腰を引く。

だが、美彩子はぐっと腰を摑むと、逃げることを許さなかった。

「ダメですよ……恥ずかしがることじゃないんです。むしろ……私には嬉しいことなんですから」

甘ったるい囁《ささや》きとともに耳元に吐息が触れた。熱い空気で首筋に鳥肌が立つ。

「博道さんは何もしなくていいですからね……これは、私が勝手にしていることです。博道さんは私に一方的にされただけ……何も気に病むことはないんですから……」

博道を思ってなのか、美彩子は自分だけで責任を負うつもりらしい。

あまりにも厚い母性に感激するが、それでいいのかと自問もしてしまう。

だが、そんな思考はあっけないほどに霧散した。

「博道さんの首筋、とても男性らしくて素敵ですよ……んちゅ」

美彩子の蕩けた舌が首筋をゆっくりと滑りはじめる。

まるでナメクジが這うかのような速度であるが、それが官能を強烈に引き上げて仕方がない。

(なんて気持ちいいんだっ。肌が溶けそうだ……っ)

美彩子の舌は上下に左右にと何度も繰り返し往復した。

塗られた唾液はとても熱く、肌から愉悦が染みてくるようだ。

(こんなこと、結那ちゃんにされたことない……これが大人のエッチなのか……)

悪いとは思うも、無意識に結那と比べてしまう。

「首以外も……いいですよね？」

美彩子はポツリと尋ねると、制服であるネクタイを解いてくる。

続けてワイシャツのボタンを外して、肌着をめくってきた。

「もっと……博道さんを感じさせてください……」

美彩子が屈《かが》んで腹部に顔を近づける。

熱い吐息を感じた刹那、柔舌が接着してゆっくりと滑りはじめる。

（少しくすぐったいけど……それ以上に気持ちいい。ダメだ……もう僕はされるがまだ……）

女から身体を舐められることがこんなにも気持ちいいとは知らなかった。

しかも、そんな未知の施《ほどこ》しを与えてくれるのが美彩子なのである。結那がいないことをいいことに、不貞に身を流す。その背徳感は間違いなく悦楽を何倍にも引き上げていた。

「……幻滅しましたか？」

甘い不義理に浸っていると、美彩子がそんなことを言ってきた。

眉尻を下げて不安そうな表情をする。顔が赤らんでいるのが、煽情的であると同時に可愛らしいと思えた。

「いえ……そんなことは……」

熱いため息を挟んで博道は続ける。

「むしろ……嬉しいです。美彩子さんがこんなにもしてくれるなんて……」

恥ずかしさと罪の意識を抱きながらも、博道は素直に答えた。

美彩子の表情がふっと緩む。再び頬に手を添えられたかと思ったときには、唇が触れ合っていた。

「私も嬉しいです……博道さんが私に興奮して、こんなにも気持ちよくなってくれて……」

官能に濡れた瞳は美しいの一言だった。博道はもうその輝きから逃れられない。

「続けますね……んんっ」

美彩子は長い髪を後ろに払うと、今度は胸部を舐めはじめる。

ねっとりと舌を滑らせて、まるで味わうかのような舐め方だった。全身の神経がゾクゾクと震えてしまう。

（美彩子さんの甘い香り……つやつやの髪の毛が……ああ、美彩子さんの全部がたまらないよ……っ）

眼下で妖しく動く熟女の姿は、五感をこれ以上ないほどに刺激する。高級なシャンプーを思わせる香りと、シルクのように輝く黒髪が、博道の煩悩を沸騰させた。

「はぁ、ぁ……すごいです。こんなに盛り上がってくれるだなんて……」

美彩子がそっと股間のテントに手を置いた。

それだけで腰から跳ね上がってしまう。狭いパンツの中で、肉棒が弾けるように戦《わ》慄《なな》いた。

「ああ、すごいビクビクしてます……ズボン越しでもとっても熱い……」

白魚のような指がゆっくりと稜線をなぞりつづける。

こみ上げる淫悦に勃起の震えはもう制御できなかった。

(マズい……このままだと出てしまう。童貞でもないのにこんな……っ)

妄想を遥かに上回る美彩子の卑猥さに、もう肉棒は限界寸前だ。

このままでは射精してしまう。博道はとっさに腰を引こうとした。

だが、すんでのところでベルトを摑まれる。

「ダメです……逃げないでください」

蕩けた顔の美彩子が耳元で囁いた。発情の吐息が耳朶を撫で、それだけで勃起がビクンと跳ねる。

「出したいなら出していいんです。むしろ……私で射精してくれるなら、とても嬉しい……」

静かだが有無を言わさぬ迫力を感じる。優しく淑《しと》やかな女性だと思っていたが、それは本性を隠すための仮面だったのか。

(でも……美彩子さんが想像以上にエッチだとしたら……それはそれでたまらない。ああ、もうダメだ……美彩子さんを意識するだけで先走り汁が……っ)

撫で回されるテントの頂点は、自分でもわかるほどにヌルヌルだ。跳ね上がるたびにカウパー腺液をちびり出し、スラックスにまで滲み出てきそうな程だった。

美彩子の手がベルトの留め具にかかる。カチャカチャと音を立てて器用に外し、ファスナーを指で摘んだ。

(美彩子さんがついに僕のチ×コを……っ)

言いようのない興奮と期待が急速に膨らんでくる。胸の動機は激しくなり、暑くもないのにこめかみからは汗の雫《しずく》が垂れ落ちた。

美彩子の細指がいよいよパンツの中へと忍び入る。

そのとこだった。

ブーっ、ブーっ。

テーブル置いていた美彩子のスマホが耳障《ざわ》りな振動音を響かせた。

画面には大きく「結那」と表示されている。

一気に緊張が押し寄せて、胸がつぶれるかと思った。

「ごめんなさい、ちょっと……」

美彩子は小声で謝ると、博道からすっと離れてスマホを取った。画面をタップして耳にかざす。

「はい。どうしたの？」

美彩子の顔は一瞬にしてふだんの母親のものへと戻っていく。あまりの変わり身の早さに博道は呆然とした。

「そう……じゃああと二十分くらいで着くのね」

話から察するに、結那はそろそろ帰ってくるらしい。

（てことは、美彩子さんとの行為もここで終わりか……残念だな……）

浅ましいとはわかっているが、劣情を滾《たぎ》らせた状態では口惜しさは否めない。

「え？　博道くん？　ああ、そうね……さっき来たわよ」

自分の話題が出てビクリとする。まさか、この状況がバレたのだとしたら……。

「ええ……本当に、しっかりしなさい。彼氏を小間使いみたいにするんじゃないの。

まったく……」

だが、博道の心配は杞憂《きゆう》だったようだ。美彩子は呆れたようにため息をつくと、再び画面をタップした。通話は終わったらしい。

「聞いてたと思うけど、そろそろ結那が……」

美彩子は申し訳なさと一抹の残念さを滲ませた顔でこちらを向く。

「は、はい……じゃあ、僕、そろそろ……」

先ほどまでのふしだらな行為を思うと、さすがに結那には会いづらい。そろそろ帰ろうかと思った。

「あっ……待ってください」

だが、美彩子はどうしたことか、焦ったように短く言うと、身支度をしようとした博道をソファへと押しつけた。

突然のことに驚きつつ、博道は美彩子を見る。

(美彩子さん……また表情がさっきと同じに……っ)

彼女の整った顔が期待と物欲しさに蕩けていた。

「あの子が帰ってくるまで二十分ほどあります。だから……っ」

美彩子が両手でベルトを掴み、強引に引き下ろされた。スラックスとともにパンツまで脱ぎ下ろされる。

「あっ」

ばね仕掛けのように肉棒が弾け出た。

勃起は大量の先走り汁にまみれてテラテラと浅ましく濡れている。いくつもの血管が浮かび上がり、自分でもわかるほどの濃い牡臭を放っていた。

(ああっ……こんなものを見せてしまうなんて)

卑猥なことを期待していたとはいえ、実際に見られると恥ずかしい。自分のはしたなさを唾棄される気がした。

だが、美彩子の反応は逆だった。

「すごい……これが博道さんの……」

美彩子が小さく声を漏らす。まるで陶酔したかのような口ぶりだった。大きな瞳が勃起から離れようとしない。

「すごいです……はぁぁ……っ」

脈動する勃起に指を絡ませる。それだけで甘い電流が全身を駆け抜けて、たまらず「ううっ」と呻《うめ》いてしまう。

「私なんかでこんなにしてくれて……お返ししますからね」

「み、美彩子さん、待って……ああっ」

博道の言葉はさらなる快楽に塞がれた。

男根が根元まで一気に熱い柔肉に覆われる。裏筋に蕩けた舌粘膜が絡みついてきた。

(そんな……洗ってないチ×コをいきなりなんてっ)

結那からはフェラチオなど数回しかされたことがない。汚れたペニスをしゃぶるのを嫌がっていたし、自分もそれでいいと思っていた。

だが、目の前の美熟女は迷うことなく咥えている。博道にはあまりにも強い衝撃だった。

「はぁ、ん……好きなときに出していいですからね……んっ、んふっ」

絶句し震える博道に甘く言い、美彩子がストロークを開始する。

(うあっ……気持ちよすぎる……これ、すぐ出ちゃうぞっ)

口唇はあまりにも甘美なものだった。唇が少し動くだけで、背筋を快楽が駆け抜ける。自然と勃起は大きく脈動するが、美彩子はそれに抗うようにしっかりと唇を締め、首を前後に振ってくるのだ。

(ああ、ダメだ……もう気持ちいいことしか……美彩子さんにイカされることしか考

えられないっ）
　ついには腰まで動かして、博道は淫女の施しに身を任せるのみだった。

5

（博道さんのおち×ちん……ああ、私、これすごく好き……）

美彩子は肉棒をしゃぶりながら心の底からそう思った。

口内の粘膜が喜んでいる。身体の芯から熱さがこみ上げ、女としての本能が燃えていた。

（匂いも味もすごく濃くて……硬さも熱さもたまらない。ああ、口の中でビクビクしてくれている……）

フェラチオの感覚が自分が牝であることを思い出させる。欲求は肥大して下腹部で激しい疼きとなっていた。

（でも……セックスするのは無理。時間的にそこまでは求められない。だから、せめて口で博道さんを感じさせて……博道さんをこのままちょうだい……っ）

牝欲が燃え盛り、首の動きを激しくさせた。

唾液が溢れて口の周りがベタベタになってもかまわない。ただただ博道を求めたい。その一心だった。

「うあ、ぁ！　美彩子さんっ、そんなにしたらもう……っ」

少年がビクビクと身体を震わせる。若竿は鋼のような硬さになり、亀頭は弾けんばかりに膨らんでいた。

（いいのよ、出して……私の口で、おもいっきり射精してっ）

乱れた髪もそのままに、濡れた瞳で博道を見上げた。

苦悶する彼と視線が重なる。それだけで軽く脳内が真っ白になった。甘く漂うような余韻は、間違いなく絶頂のそれだ。

（私、見つめられただけで……ああっ、なんていやらしい女なのっ）

自分の卑猥さを自覚すれば、それだけ淫女になってしまう。

美彩子はついには彼の腰を摑んで、喉奥にまで勃起を呑み込んだ。

瞬間、剛直が力強く跳ね上がる。

「ああっ、もう無理ですっ。出るっ、うう！」

少年の叫びがリビングに響くと同時、灼熱の白濁液が口内に注がれる。

（すごい量と勢い……ああっ、身体の中が精子の匂いでいっぱいになる……っ）

噴出する精液は喉奥を直撃していた。むせる直前で必死に堪えて、博道のワイシャツを思いきり握りしめる。力強く閉じた瞼から、じわりと涙が滲み出た。

(博道さんが私の中に入ってくる……熱さと濃さとで、中から私に刻みつけてくる……)

男子高校生の子種液はあまりにも甘美だった。凶悪と表現してもいい。

(アソコが熱い……お腹の中がとっても疼いてる……っ)

膣どころか子宮までもが震えた。口や喉などではなく、女の神聖な場所を満たしてほしくて、腰は勝手に揺れていた。

「あ、あ……ごめんなさい……」

すべてを噴き出した博道が震えた声で謝ってくる。吐精の余韻で崩れた表情が、途方もない満足感と母性を煽った。

(謝ることないのに……むしろ、私のほうが感謝しないと)

美彩子は彼を見上げつつ、ずずっと精管を吸い上げる。

射精直後には刺激が強いのだろう。博道は「うぐっ」と呻くと、ピクピクと身体を震わせた。

(本当に濃い……酔っちゃいそう……)

精液を注がれるなど、何年ぶりなのか自分でもわからない。

ただ、肉体と精神が欲《ほっ》してやまないことは確かだった。男が欲しかったのではない。博道という少年が欲しかったのだ。

美彩子はゆっくりと肉棒を抜き取ると、彼の視線を受けながら、精液のすべてを嚥《えん》下《げ》する。呆気にとられた博道の表情と、いまだ屹立を維持する肉棒との対比が少し面白いなと思う。

「み、美彩子さん……その……」

「うふふ。博道さん、ありがとう。ほら、早く支度して。結那が帰ってきちゃうから」

無駄に時間を過ごすわけにはいかなかった。美彩子はいつもの微笑みを浮かべると、ティッシュで自分の口と博道の肉棒を拭ってやる。

(ついにしてしまった……博道さんと……娘の彼氏といやらしいことを……)

フェラチオに没頭して忘れかけていた罪悪感が頭をもたげる。

しかし、体内で燃え盛る女の本能の前では無力である。罪の意識よりも、射精された幸福感とさらなる淫戯への欲求がはるかに強い。

(……なんとか疼きは解消しないと。これ以上を求めるのは許されないんだから)

急いで帰り支度をする博道を眺めつつ、美彩子はそう自分に言い聞かせた。

博道の帰宅から数分後に結那は帰ってきたが、特に怪しむような様子はない。

だが、食後にリビングで彼女が弄るスマホの画面が目に入り、それが博道とのメッセージのやり取りだったときには、今までにない感情がこみ上げた。

(罪悪感……じゃない。これは……嫉妬ね……)

娘に嫉妬する母親がいるという。

話には聞いたことはあるが、まさか自分がそれになるとは思わなかった。強烈な自己嫌悪に襲われるが、自分の感情を否定するのはもはや難しい。

夜、寝入る前のベッドの中で、美彩子は何度も秘唇を弄り、そのたびに絶頂した。

大量の蜜が溢れてパンツを濡らすが、いっこうに指の動きは止まらない。

身体と意識は夕刻の博道との淫戯の続きを求めていた。

(イッてもイッても収まらない……私、なんて恥知らずな女なの……っ)

自己嫌悪と嫉妬に苛《さいな》まれながら、美彩子は虚しい快楽を貪るしかなかった。

第二章　ボーダーライン

1

「博道はあの一件以来、常に胸の中がもやもやしていた。

罪悪感の苦しさと背徳感の甘さが四六時中せめぎ合っている。

（帰り際の美彩子さんの瞳が……どうしても忘れられない……）

口内射精のあと、結那に鉢合わせしないよう急いで帰り支度をした。そのとき、美彩子は玄関先までわざわざ見送りにきてくれたのだが、彼女の双眸の妖しい輝きが脳裏から消えない。

（キスやフェラしていたときと同じ……いや、それ以上にエロい目をしていた。ああいうのを妖艶っていうのかな……）

美彩子の視線はしょせんは高校生の博道にとって、あまりにも魅力が強すぎた。

彼女を思い出してのオナニーは今まで以上に盛んになり、一日に一度どころか二度三度と精を放つ有様だ。しかも、そこまでしても男の欲求が消えてはくれない。

(したい……フェラだけじゃなく、さらにその先を……セックスをしたいっ)

「ねぇ、聞いてる？　ヒロくん？」

「うわっ！」

急に顔を覗き込まれて仰け反った。心臓がつぶれるかと思うほどに収縮し、ぶわりと冷たい汗が噴き出てしまう。

「その様子じゃ全然聞いてなかったね？　ひどいなぁ」

結那は呆れたようにため息をつき、カクンと首を垂れる。

「ご、ごめんっ。ちょっと考えごとしてて……」

「……ヒロくん、この前から何度かそういうことあるよね？　いったいどうしたの？」

言われてギクリとしてしまう。

あの日以来、常に自分頭の中に美彩子がいた。それは、結那と会っているときも同じである。

「な、何でもないよ。最近、寝不足でぼんやりしているのかも。あははっ」

寝不足気味なのは本当のことなので嘘はついていない。もっとも、その理由は美彩子を思い出してのオナニーを繰り返しているから、というものであるのだが。

「どうせゲームか動画でも見てるんでしょう？　ダメだよ、寝るときはちゃんと寝ないと。体調崩したらどうするのよ」

言葉の裏に気づくはずもなく、結那は心配そうに言ってくる。

彼女の優しさと純朴さが胸に染みた。それは博道の良心を刺激して、鈍い痛みへと繋《つな》がっていく。

（こんなかわいい彼女の影で僕ってやつは……）

早く真人間に戻らなければ。自分はもちろんのこと、結那にとっても取り返しのつかないことになりかねない。

「あ、もうこんな時間。そろそろ準備しないと」

時刻は午後の三時になろうとしていた。冬至《とうじ》はとっくに過ぎたものの、陽が落ちるのはまだ早くて西陽の色が強い。

部屋の片隅にはキャリーケースが一つ置かれていた。一、二泊するにはちょうどいい大きさである。

「これからお父さんの実家に行くんだよね？」

「そうだよ。まぁ、顔を見せるくらいなんだけど、最近は全然会ってなかったから」

結那はニコニコしながら言ってくる。

亡くなった父の実家は隣の県にあるらしい。これから電車で向かって、向こうで二泊してくるとのことだった。

「何かお土産買ってくるね。あと、地元のお菓子とか。帰ってきたらいっしょに食べようよ」

「そ、そうだね。楽しみにしてるから、結那ちゃんも楽しんできて」

屈託なく笑う結那にどうしても言葉に詰まってしまう。彼女が笑うたびに罪悪感がこみ上げた。

「そういえば、ヒロくんも連休中は一人なんじゃなかったっけ？」

「うん。父さんも母さんも出張で。日曜日の夕方には帰ってくるみたいだけれど」

「そっかぁ……」

結那はクスっと小さく笑うと、博道の真横へと腰を下ろす。そのまますり寄りピタリと身体を合わせたかと思えば、そっと耳元に唇を近づけた。

「……今度はヒロくんの家にお泊まりしたいなぁ」

「えっ？」

「いいと思わない？　いっしょにお部屋で過ごして、いっしょにご飯を食べて、いっしょにお風呂に入って、いっしょにベッドで……ね？」

結那の頬がほんのり桜色になっていた。期待する瞳の輝きと甘い香りにドキドキしてしまう。

（結那ちゃんといっしょに朝まで……エッチも込みで……）

高校生カップルにとっては刺激的で特別な過ごし方だ。きっと友人たちが知ったら、からかいつつも羨望されることであろう。

「そ、そうだね……じゃあ、今度は……ね」

「やったぁ。絶対だからね？　お母さんには怪しまれないように適当に嘘ついとくからっ」

少女の満面の笑みが目の前で花開く。ちょっといけないことをする好奇心もあるのだろうが、結那の表情には少しの嘘も混ざってはいない。

（嘘、か……もう僕はとっくに嘘をついて……）

自らのやましさを思い出していると、階下から声が聞こえてきた。

「結那、そろそろ出なきゃいけないいんじゃない？　もう時間よ」

美彩子の声だった。母親として芯のある声をしている。あのときに感じた卑猥さなどまったく感じさせなかった。

「はーい、今行くとこ！　もう、いちいち言わなくてもわかるのに。せっかくヒロくんと楽しみなお話してたのにさぁ……」

結那はぶつぶつと文句を言っては唇を尖らせた。

「まぁまぁ。うちの親だって似たようなもんだよ」

結局、親をうるさく感じるのはどこの家でも同じなのだろう。

（僕もいっしょに帰ろう。じゃないと、この前みたいなことに……）

あの日以来、美彩子を直視することができなかった。それに、フェラまでされた以上、その先を望んでいる自分がいる。

（あれ以上のことを望むのはダメなんだ……本当に戻れなくなる……僕も美彩子さんも破滅するんだぞ）

高校生とて浮気の代償が恐ろしいものであることは理解できる。何より、結那が知ってしまったら、彼女の精神が壊れかねない。自分の母親が浮気相手など、世の中すべてが信じられなくなってしまうであろう。

そそくさと準備を済ませた結那といっしょに階段を降りる。

玄関に出ると美彩子がいた。

彼女は一見するといつもの優しい母親の顔をしている。

が、博道の姿を見て一瞬だけ目が泳いでしまっていた。

(意識するな……何もなかったこととして振る舞うんだ……)

罪悪感や背徳感で胸の奥が騒がしい。博道は自分が持つ理性のすべてを総動員して、何食わぬ顔を演じる。

「じゃあお母さん、私言ってくるね」

「ええ、向こうのおじいちゃんたちによろしくね」

「うん。……あ、そうだ！」

玄関ドアの取っ手を持ちながら、何かを思いついたようにこちらを振り向く。靴を履いてる途中だった博道は、何事かと思いピタリと止まった。

「どうせならヒロくん、家でご飯を食べていきなよ？　昨日、カレー作りすぎちゃったってお母さん言ってたし。お母さんのカレー、美味しいからさ」

いつもの天真爛漫《てんしんらんまん》さで言ってくる。それがあまりにも残酷に思えた。

(結那ちゃんが絶対に帰ってこない状況で二人きりなんて絶対にダメだっ。僕の理性が保《も》たないよっ)

「そ、それはさすがに……。お母さんにも迷惑だって」

「でも、お母さん、昨日作りすぎたって話したときに、ヒロくんが食べてくれるかもって言ったら、それはいいかもね、って言ってたんだよ。ねぇ、言ってたよね？」

そう言って今度は美彩子を向いた。

「そっ、それはそうだけど……」

美彩子はあからさまに焦っていた。本来ならピシャリ「博道さんに迷惑でしょ」などと言うはずなのに、それ以上言葉が出てこない。

「ヒロくんも家で一人で食べるよりはいいだろうしさ。遠慮なくゆっくりしてってよ。じゃあね、あとで連絡するからっ」

結菜は一方的に言い終わると、手をひらひらとさせながら出ていってしまった。

残された二人を妙な空気が包み込む。

(美彩子さんと二人きり……この前みたいに結那ちゃんが帰ってくることはない……本当に美彩子さんと……二人だけ)

必死に堪《こら》えていた理性がボロボロと崩れていく感覚があった。

崩しているのは肥大する煩悩だ。それに合わせるかのように、股間で浅ましい疼きが生まれている。

「……カレー、用意しますね。普通のカレーだから、あんまり期待はしないで……」

美彩子がリビングへと歩きだす。

ふわりと甘い香りが漂ってきた。あの日、あのキスを、あのフェラチオを施《ほどこ》されたときと同じ香りだ。

欲望が爆発する。男としての本能が理性と良心とを吹き飛ばす。

履きかけた靴を蹴飛ばして、リビングに入りかけた美彩子に背中から抱きついた。

「ひゃっ！　ひ、博道さん、ダメ……んんっ」

強引に振り向かせた瞬間に口づけする。柔らかくて瑞々しい感覚が訪れるが、それを無視して舌をねじ込んだ。

（美彩子さん……ごめんなさい、僕、我慢できないです……っ）

美彩子の意思はわからない。一方的な欲望は、彼女にとっては犯されることにしかならないかもしれなかった。

だが、美彩子は振りほどこうとはしなかった。驚いているのか固まっているが、博道の口づけを受け入れている。

そして、自らの意思で身体を翻すと、しんなりとした仕草で腕を絡めてきた。

（美彩子さん……）

一種の感動を覚えていると、彼女のほうからも舌を絡ませてくる。

最初から深くて大胆な舌遣いだった。まるでお互いを一つに溶け合わせるような濃厚なキスをする。二人の唾液をたっぷりかき混ぜ、クチュクチュと卑猥な水音のみが廊下に響く。

「はぁ、ぁ……博道さん……いいんですか？」

だらしなくなった相貌で美彩子が尋ねる。甘い吐息がとても熱い。

「いいんです……いや、ダメなのはわかっているけど……もう無理ですっ」

叫ぶように言ってから、再び唇を押しつける。

美彩子の口内は柔らかくて、なぜか甘く感じられた。彼女が博道を抱きしめる力が強くなり、悩ましげに身体をくねらせるごとに、甘さが強くなっていく。

（もう止まらない……浮気だとか裏切りだとか、もうどうでもいい。今は美彩子さんが欲しくてたまらないんだっ）

背徳の口づけに少年は溺れていった。

2

(してしまうのね……博道さんと……)

薄暗い寝室で美彩子は乱れかけた吐息を繰り返す。

ベッドの端には博道が腰掛けている。血走った両眼が美彩子を射抜いて離れない。

結那の提案に困惑したものの、同時に淡い期待を抱いてしまった。

少年の滾《たぎ》りを自らの神聖な場所で受け入れる。あの日以來、常に密かに抱いていた願望が実現できると思ってしまった。

(結那……ごめんなさい。お母さんも女なの……あなたの彼氏と一つになりたくて仕方がないの……)

どんなに謝罪し言い訳をしたところで、正当化などできるはずもない。むしろ、すればするほど自分の悪女ぶりが肌身に染みた。

(でも……もう止まれない。私に疼いているこの気持ちが、このままだと私自身をおかしくしてしまいそう。ああ、悪いお母さんでごめんなさい……)

室内は驚くほど静かに感じた。そのなかで、自らの呼吸と心拍音だけが妙に大きく聞こえている。指先が緊張と期待で微かに振るえていた。

「あ、あの……やっぱりシャワーに入ってからのほうが……ね?」

いくら年齢を重ねたとしても、女としての恥じらいはある。匂いや汚れには気をつけているが、お風呂には昨夜入ったきりだった。

だが、少年は首を振る。そして、きっぱりと言った。

「ダメです……このまま……ありのままの美彩子さんが欲しいんです」

（そんな真っ直ぐ見つめられて言われると……）

博道の強い願望に逆らえなかった。それほどまでに自分を欲《ほっ》してくれているのが嬉しくて仕方がない。

「……わかりました。あの……私、若くないから脱いだらがっかりするかもしれませんよ。期待……しないでくださいね」

高校生の結那と比べれば、どうしても肉体美では劣るであろう。強烈な羞恥に首まで赤く染まってしまう。

「そんなことないです……僕は……ずっと憧れていたんです。美彩子さんと、その……こういうことをすることに」

嘘偽りのない眼差しが、美彩子の女の部分を射抜いた。

そこまではっきりと言われては、もう抗《あらが》うことなどできやしない。

「もし……私の身体を見て、がっかりしたとかイヤになったら言ってくださいね……」

ついに一線を越えようとしている。夫が亡くなってからというもの、誰にも見せたことのない肌を晒すのだ。それも、思春期の少年に、娘の彼氏にだ。

(ああ……恥ずかしい……こんなにドキドキするなんて久しぶり。でも……見てもらうことが嫌じゃない……)

むしろ見てもらいたいとさえ思ってしまう。

この年増の身体で性の衝動を感じてくれたなら、これ以上ない喜びだ。

震える指でゆっくりと服を摑んだ。薄いピンクのニットをめくり、純白のキャミソールを脱いでいく。

「はぁ、ぁ……ああ……」

博道が前のめりになってこちらを見つめている。

股間にはあからさまなほどの盛り上がりが形成されている。よくよく見るとピクピクと震えていた。

(私の身体で興奮してくれている……ああ、こんな身体でも喜んでもらえるんだ……)

白い身体に幸福感と安堵が広がる。同時に、言いようのない高揚感がこみ上げた。

(見て……私の身体を。おっぱいもアソコも……全部見せてあげる……)

チノパンに手をかけて、ゆっくりと脱ぎ下ろした。

瞬間、視界に自らの股間が飛び込んでくる。ベージュの薄布には、くっきりと濃い染みが描かれていた。

（ああ、私……もうこんなに……）

自らの浅ましさが、さらに煩悩を燃え滾らせる。自然と吐息は大きくなって、繰り返す感覚は乱れていた。

博道をちらりと見ると、彼も股間の異変に気づいたらしい。唇を半開きにして、瞬きも忘れて見つめていた。

（そんなに一生懸命に……ますます私、いやらしい女になってしまう……）

もはや正常な思考など不可能だった。

自分を見つめる愛しい少年をさらに喜ばせてあげたい。自分の肉体で、その欲情をどこまでも高ぶらせてあげたい。美彩子の意識はそれのみに集約した。

「博道さん……もっと見て。もう私……全部をあなたに見てほしいんです……」

熱い吐息を静かに漏らして博道の眼前へと近づいていく。

少年は股間から上へと舐めるように見上げてきた。本能を剝き出しにした視線にゾクリと肌が粟《あわ》立ってしまう。

（全部見せてあげる……そして、私の心まであげるからね）

ひりつくような背徳感に酔いながら、美彩子はブラジャーのホックに手をかけた。

博道は目の前の光景に声すら発せないでいた。

眼前の美彩子の姿はあまりにも官能的で美しい。想像をはるかに超えていた。

(自信がないなんて嘘だろ……なんてきれいなんだよ……)

肌は白くて透き通るように美しい。身体のラインはなめらかで、ウエストから腰へのカーブはまろやかだ。むっちりとした肉づきが妙齢の女性特有の艶めかしさを演出している。

(下着は地味で飾り気がないけれど……これがいつもの美彩子さんなんだ。こんな姿を見せてくれるなんて嬉しすぎる……っ)

前もってこうなることがわかっていたら、きっと彼女は相応の下着をつけていることだろう。

だが、ふだんの飾らない美彩子を見られたことは望外の喜びだった。それに、下着が地味であろうが彼女が魅力的なことに変わりはない。

「張りとか形とかはもう若くないから……うぅ……」

鎖骨付近まで濃い桜色にする美彩子が、ついに背中にホックを外した。

張っていたブラジャーが一気に緩む。瞬間、たわわな乳房がブルンと揺れた。

（ああっ、美彩子さんのおっぱいが……っ）

先日はキスとフェラのみで、美彩子の身体は見ていない。ゆえに、彼女の裸体へ興味が尽きなかった。美彩子の乳房や陰唇の光景を妄想するだけで、射精してしまいそうなほどだ。

（いよいよ見れるんだ……美彩子さんの生まれたままの姿を……っ）

心拍数が急上昇して全身が揺れてしまいそうだ。湧き上がる興奮は、まるで童貞に戻ったかのようである。

「笑わないで……くださいね」

美彩子が顔を逸らして肩からストラップを滑り落とす。

巨房を覆っていたカップがパサリと落ちた。

「あ、ああ……」

無意識に出た声は感動ゆえのものだった。

現れた乳房は想像をはるかに超えるものである。

（なんて……なんて大きくてきれいなんだ……これが美彩子さんのおっぱいっ）

自分の顔ほどもある二つの膨らみは、形もサイズも左右で等しい。張りは確かに弱い感じだが、だからといって形が崩れているわけでもない。十分に美しい釣り鐘形だった。純白の肌に包まれた乳肉は見るからに柔らかそうだ。

（乳首も硬く尖っていて……なんてエッチなんだよっ）

ツンと突き出た乳首は小指の先ほどの大きさで、まるでラズベリーを思わせる。周囲に広がる乳暈《にゅううん》は乳房に比例して大きめだったが、それがたまらなく煽情的だ。赤みを帯びた茶褐色であることも煩悩を沸騰させる。

熟れた乳房には尋常ではない官能が宿っていて、今すぐにでもしゃぶりつきたくなるほどだった。

「ああ……ごめんなさい、みっともないおっぱいで……」

何を勘違いしたのか美彩子は言うと、両腕で乳房を隠して身悶えた。

「何を言ってるんですか……めちゃくちゃきれいです……ホントに……すごくすごいです……」

あまりの卑猥さと迫力に、まともな日本語すら出てこない。

美彩子はチラリと博道を見て「本当に？」と小さな声で確認してくる。

「本当です……だからか、その……もっとちゃんと見せてください」

興奮で声が上ずっていた。

美彩子は少し安心した表情をすると、そっと抱いていた乳房を解放する。柔らかく変形していた乳肉がぷるんと揺れて、瞬時に美しい姿に戻っていった。

「本当にすごいです……こんなおっぱいが本当にあるなんて……」

見れば見るほどにたまらなかった。ネット上のエロ動画や画像などは美彩子の足元にも及ばない。博道は完全に魅了されてしまった。

「恥ずかしいけど……嬉しいです。そんなに気に入ってもらえるなんて……」

視線を逸らす美彩子がはにかんだ。まるで少女のような表情に、ドクンと心臓が大きく脈打つ。

(美彩子さん、なんてかわいいんだ……っ)

覚えたときめきは今までにないものだった。恋人である結那に対してでさえ、ここまでに胸を高鳴らせたことなどない。

「……博道さん、おっぱいだけじゃなくてこっちも見てください……」

発情の熱い吐息を繰り返し、美彩子が唯一残っていたパンツ手をかけた。

腰からゆっくりと曲線を滑り落ちていく。晒された腰の豊かさと白くて柔らかそうな肌に視線を注いでしまう。

(美彩子さんのアソコが……お、おま×こが……っ)

薄布が聖域から静かに剝がれる。まろやかに盛り上がる恥丘から、ついに茂みの端が露《あらわ》になった。

（おま×この毛が……ああ、細くて柔らかそうな毛が……っ）

陰毛は短めで面積はそれほどでもない。かと言って手入れをしている様子はなく、ありのままの姿に見えた。

薄布は降りつづけて、ついに陰唇と離れてしまう。瞬間、銀色の糸が引いた。

（美彩子さん、本当にめちゃくちゃ濡れてるんだ……っ）

いったい秘苑はどれほどの蜜にまみれているのか。想像するだけで目眩《めまい》がしそうだ。くるぶしまで脱ぎ下ろし、静かな動作で脚を抜く。

隠すものは何もない。美彩子は完全な裸となった。

「ああ……美彩子さん……」

眼前の光景に息も忘れて見入ってしまう。

興奮とともにこみ上げるのは、一級の美術品に触れたときのような神々《こうごう》しさだ。美彩子の裸体は隅から隅までが美しく、いつまでも眺めていたいと思ってしまう。

「これが……私の身体です。どう……ですか？」

羞恥を押し殺したか弱い声で美彩子が尋ねる。

前のめりになっていた博道は、視線だけを上へと向けた。彼女の顔はピンクを通り越して赤くなっている。若干乱れた黒髪が、あまりにも妖艶で仕方がない。

「すごいです……想像していた姿の何倍も……何十倍もきれいです。僕、美彩子さんの裸にずっと憧れていました」

興奮と緊張に声は震える。

そんな博道に美彩子は優しく微笑んだ。

「嬉しいです……じゃあ……」

羞恥に染まっていた相貌に、ゾクリとするような卑しさが滲み出た。

細い腕が伸びてきて、そのまま博道の身体を押し倒す。

何が起きるのかわからずに天井を見つめていると、卑猥な笑顔を浮かべた美彩子が見下ろしてきた。

「見てください……私が、どれだけ博道さんを求めているか、しっかりと見て……」

膝立ちになって博道を跨ぎ、顔上へと擦り寄ってくる。

たるみのない腹部と豊かな乳房を仰ぎ見た。続けて目に飛び込んできた姿に、博道は絶句した。

（おま×こが……ああっ、これが美彩子さんのおま×こなんだっ）

夢にまで見た美彩子の秘苑。それが目の前に晒される。

ふっくらとした白い大陰唇の間から、大ぶりの肉羽が開いていた。覗く膣膜は収縮を繰り返し、微かにクチュクチュと聞こえている。陰核ははち切れんばかりに膨らんで、完全に包皮を脱ぎ捨てていた。それらすべてが大量の女蜜に濡れている。妖しく光る様はこれ以上ないほどに卑猥で、圧倒的な魅力を放つ。

「これが私のアソコです……いつも博道さんを想って、こんな状態になっちゃうんですよ……」

羞恥よりも興奮が上回ったのか、美彩子の吐息は大きくなる。見下ろす瞳がすっかり蕩けていた。

彼女の両手が姫割れの側部に添えられて、クッと左右に開いていく。プチュっと卑猥な水音とともに、淫膜がさらに姿を見せる。

(すごいトロトロだ。ああ、どんどん溢れてくる……っ)

褐色の花弁と鮮やかなピンク色をした膣膜との対比がたまらない。媚肉の伸縮は止まることなく、むしろ間隔が狭まっていた。そのたびに淫液が湧出し大きな雫を形成する。

とろみを帯びた雫がゆっくりと垂れて、博道の喉元に落下した。熱さとともに、濃厚な女の本能が肌に染みてくる。

「私のココを……博道さんにもらってほしいんです。おっぱいも何もかも、博道さんの好きなように……」

（美彩子さんが誘っている……僕を欲しいと言ってくれている……本当だよな、嘘じゃないよな）

一瞬だけ夢ではないかと錯覚する。

だが、漂う女の濃い芳香と首元に垂れ落ちた愛液の熱さは、紛れもなく本物だ。美彩子は本当に自分を求めている。男女の関係を結ぼうとしている。それが娘を裏切る許されざる行為だとしても。

「美彩子さんっ」

博道は勢いよく起き上がると、膝立ちだった彼女を強く抱きしめた。

熟れた女の柔らかさがたまらない。十代の少女には真似できない心地よさがある。

「はぁ、ぁっ……嬉しいです。もっと強く抱いて……っ」

美彩子の声は震えていた。苦しさからのものではない。自分を求められ、受け入れられたことに歓喜しているのだ。

それが博道の牡欲を沸騰させせる。

（もうどうなってもいい。僕は美彩子さんが欲しくてたまらないんだっ）

艶やかな髪の中に手を入れて、唇を重ねていく。

すぐに美彩子は呼応した。舌を挿し込んでから瞬時に博道に絡みついてくる。

（美彩子さんの口の中トロトロで気持ちいい。なんて甘いんだ）

博道も無意識に美彩子の舌と戯《たわむ》れる。その柔らかい粘膜が、意識を蕩けさせてきた。

「ああ……キスだけで気持ちいい……んんぁ」

「僕もです……もっと……もっとキスしたい」

「してぇ……いっぱいキスして。私を貪ってください……っ」

美彩子が隙間がないように唇を密着させて、休みなく舌をくねらせてきた。さらには両手で博道の頭をかき抱いてくる。

「博道さんのキス、素敵です……私、止められないです……」

美彩子は発情の度合いを表すように、大胆かつ激しく口づけを繰り返す。繋がる唇と舌の間から唾液が溢れても厭《いと》わない。

それは真下で柔らかく変形する乳房に垂れて、卑しい輝きを放っていた。

（大きなおっぱいが押しつけられて……こんなに重そうなのに、なんてふわふわなんだっ）

未知の感覚に目眩がしそうだった。美彩子の豊乳は美しい白さも相まって、まるで上質なホイップクリームの塊《かたまり》を思わせる。

「あぁ……触っていいんですよ。むしろ、触ってください……好きなだけ揉んでいいんですからぁ……」

博道の意識が乳房に向いていることをわかったのか、美彩子はさらに胸を押しつけてくる。

博道はすかさず巨大な白丘に手を添えた。瞬間、圧倒的な柔らかさが包み込む。

（なんて柔らかいんだ。それに、肌がしっとりしてて吸いついてくる……っ）

熟乳の感触はあまりにも甘い。結那の乳房しか知らない博道には、信じられない代《しろ》物《もの》だった。

牡としての欲求が沸騰する。美彩子の乳房を求めて、左右の乳房をたっぷりと揉みしだく。

「あ、ああっ……揉まれるの気持ちいいです。はぁ、ん」

口の周りの唾液はそのままに、美彩子が後手で身体を反らす。

見れば見るほどに引き込まれる巨乳だった。指の動きに素直に従いふにふにと変形する。その光景と手触りが、どこまでも博道を魅了した。

（乳首もこんなに大きくして……っ）

乳肉だけでは物足りない。

博道は蜜乳を掬《すく》い上げてから、その頂《いただき》へと唇を持っていく。ぱくりと咥えて吸引してしまう。

「んあ、あぁ！　それ……はぁ、あんっ」

瞬間、美彩子が白い身体を震わせた。甘く甲高《かんだか》い声が寝室に響く。

（硬くてコリコリして……ああ、とてもいい匂いがする……っ）

発情に体温が高くなったのか、乳肌からは甘い香りが漂っていた。結那の香りとはまったく違う。美彩子だけが放てる魅惑のフレグランスだ。

博道はその香りを思いっきり吸い込んで、鼻腔と肺を彼女で満たす。体内からも美彩子を感じたかった。

「いいです……はぁ、ぁ、とってもいいです……もっと吸ってください。もっと舐めてぇ」

美彩子の懇願はすっかり蕩けた声色《こわいろ》だった。鼓膜からも彼女に染まってしまう。

博道はたわわな乳房を寄せ集めると、乳輪すべてを口に含む。ちゅうっと音が立ちそうなほどに強く吸った。

「はぁ、ああ！　気持ちいいっ。それ……あ、あぁんっ」

（美彩子さんの声、なんてエッチなんだろう。もっと聞かせてほしい……もっと感じてほしいっ）

美彩子の乳頭が敏感なのは明白だ。ならば、さらに乳首やその周りを刺激したい。尖らせた舌で乳頭を弾く。舌の腹を乳輪に擦りつけ、さらにグリグリと押しつけた。

「あっ、あぁっ……ダメっ、それダメです……っ」

美彩子が白い身体をぷるぷるさせて、小さく首を振っていた。微かに開いた瞼から濡れた瞳が輝いている。

「美彩子さんのおっぱい、ホントにすごいです……たまらないです……っ」

乳首を吸っては舐めしゃぶり、同時に乳肉を揉みしだく。

蜜乳の魔性に取り憑かれた博道は、冷静な思考など消え失せていた。

3

少年からの乳悦に、美彩子は心身を熱く震わせていた。

（私のおっぱいでこんなに興奮して……ああ、とても嬉しいし、本当にかわいい……）

必死に乳首を吸引して柔肉を揉みしだく様は、さながら腹を空かせた赤児《あかご》のようだ。久しく忘れていた母性がこみ上げ、それに牝欲が重なっている。異なる二つの本能が美彩子の中で激しく渦巻いて、自分自身ではどうすることもできなかった。

「はぁ、ぁ……素敵ですよ、博道さん。私、そんなにおっぱい求められるの、すごく嬉しくて幸せです……あぁっ」

はしたない悦びが勝手に口を出て、自ら乳房を押しつけてしまう。やたらと大きな乳肉に顔を埋《うず》めさせ、さらに美彩子自身を感じてもらいたかった。

（こんなおっぱい、意味もなく大きくて嫌だと思っていたけど……無駄じゃなかったんだ）

愛しい少年がこれだけ自らの乳房に興奮してくれている。その事実に美彩子の矜持《きょうじ》は満たされて、止めどなく溢れ出ていた。

（私、とんでもないくらいに興奮してる……腰が……勝手に動いちゃうっ）

博道の脚を跨《また》いだ下半身がいつの間にか揺れていた。

股間の奥底が熱く疼いて仕方がない。完全に蕩けた淫膜が収縮を繰り返し、膣口がクパクパと開閉しつづけているのが自分でもわかる。

（博道さんが欲しい……私の一番奥にまで……心も身体も染めてほしい……）

気づくと美彩子は彼を押し倒していた。

仰向けになった博道の上から、重くぶら下がる蜜乳を押しつける。続けて、彼の手を取り下半身へと誘った。若い指先が敏感な股間に軽く触れてしまう。

「んあ、あぁ！」

姫割れの側部に触れただけだというのに、鋭い喜悦が白い裸体を貫いた。身体を支える腕がカクカクと小刻みに戦慄《わなな》いてしまう。

（ちょっと触られただけなのにこんな……しっかり弄《いじ》られたら、いったいどうなってしまうの）

頭の中がぼんやりとしていた。軽い絶頂の余韻だとすぐにわかる。

同時に美彩子の中ではさらなる期待が膨れていく。この少年との情事の先に、どれほどの快楽と幸福が待っているのか。女としての意識を取り戻した美彩子には、それが早く欲しくて仕方がない。

「はぁ、ぁ……触ってください。もう私こんなになってるんですよ……」

博道の手を取り自らの秘唇を弄らせる。大量の愛蜜をまとったそれは、彼の指先が滑るごとにクチュクチュと卑しい音色を奏でた。

「ああっ、こんなに濡れて……とても熱いです」

「博道さんが相手だからですよ……私だってこんなに濡れるだなんて……あ、あぁ」

姫割れの表面をかすかに滑るだけで、たまらない法悦がこみ上げる。そのたびに身体は反応し、甘い声と女蜜を漏らしていた。

(もっと快楽が欲しい……もっと、博道さんに私自身を貪《むさぼ》ってほしい)

牝欲が腰の動きを速めていく。博道の手に淫華を押しつけ、より擦れるように彼の腕を引き寄せた。

(私ってなんてエッチなの……こんなの淫乱のやることじゃないの)

自らの行動の大胆さに驚くが、羞恥を覚える以上に淫欲が勝《まさ》っていた。もう美彩子は止まれない。

脳内では断続的に白い爆発が起きている。余韻に浸る間もなく次々と炸裂する快楽は、繰り返すごとにその威力が強くなっていた。

「美彩子さん、ずっとビクビクしてますよ……あぁ」

少年が真下から熱い視線で見つめてくる。

痴態を見られる恥ずかしさは、すぐに喜悦の糧《かて》となった。今さら上品ぶっても仕方がない。美彩子は淫女と化した自分を受け入れ、さらに少年を誘惑する。

「博道さんが相手だからですよ……ああ、もっと触って……中にも……ねぇ？」

博道の手を動かして、自らの膣口の指先を持っていく。

瞬間、彼の指がクッと曲がり、トロトロの狭隘《きょうあい》に押し込んできた。

「あ、はぁあっ……んんぁ！」

峻烈な悦楽が背筋を駆け抜け、脳内で弾けてしまう。

自然と背中が反り返った。ブルンと豊乳が博道の目の前で跳ね上がる。

（ああ、すごい……自分で入れるのとは比べ物にならない……っ）

自慰で指を挿入するのとはわけが違った。たった指一本だけだというのに、たまらぬ愉悦が駆け巡る。

敏感になった媚肉が彼の指を食い締める。だが、博道はゆっくりと隘路を突き進んだ。やがて、中指のすべてが膣内に収まってしまう。

「美彩子さんの中、めちゃくちゃ熱いです……ああ、とってもうねってる」

「気持ちよくて……嬉しいからですよ。ねぇ、好きにしてください。私の中を好きなだけ……ああっ！」

言い終わるより先に博道が行動する。膣膜を指の腹で押してきた。快楽が甲高い嬌声を響かせる。

（ああ、もう何も考えられない……気持ち良すぎてダメ……っ）

悦楽に身体と本能が喜んでしまう。股間はさらなる愉悦を求めて動いてしまい、快楽のみならず博道自身をもっと感じたい。

「博道さんっ……んんっ……はぁ、ぅっ」

興奮の吐息を漏らす唇を奪って、舌を無理やり絡ませた。牝欲の昂《たかぶ》りそのままに、激しく荒く貪っていく。

（早くほしい……早く博道さんと繋がりたい……っ）

指での前戯で満足などできるはずがない。媚肉は圧倒的であろう肉棒からの圧迫を求めていた。早く挿入してくれとばかりに蜜壺が収縮を繰り返している。

（もういいよね……私、もう我慢できないっ）

美彩子は博道の首筋を舐め回しつつ、彼のワイシャツからボタンを外す。丁寧さのかけらもない忙《せわ》しない手つきで、すべてを開けさせてから下着を捲る。

（博道さんの身体の全部が欲しい……っ）

若者の引き締まった身体に、思わず胸がドクンとした。

美彩子は引き寄せられるように胸元に顔を埋める。そのまま彼の身体を舐めてしまう。

「うあ、ぁ……美彩子さん、それは……ああっ」

少年はクッとおとがいを反らして恍惚とした吐息を漏らす。

その仕草に牝の本能が刺激された。自分が施す行為一つ一つに反応してくれることが、たまらなく嬉しくて愛おしい。

（博道さんの身体、とても熱い……でも、しっかり男の人の身体をしてて……ああ、たまらない）

舌で感じる少年にますます魅了されてしまう。子宮の疼きはつらいほどだった。

（早く欲しい……一番奥で博道さんを感じたいっ）

美彩子は彼の乳首を舐めながら、起用にベルトの留め具を外す。

緩んだスラックスの腰回りから、濃厚な牡の性臭が漏れ出る。それだけで意識が遠のきそうだった。

（博道さんが欲しい……博道さんのおち×ちんが……）

先日、フェラチオしたときのことを思い出す。

若さを湛《たた》えた肉棒は一瞬にして美彩子に女として、牝としての本能を思い出させた。あの鋼《はがね》のように硬く、力強い反り返りを誇示する若竿が欲しくて仕方がない。それが決して許されぬ禁忌の契りであろうと、抗うことなど不可能だ。

「美彩子さん、その……っ」

博道が美彩子の企みに気づいたらしい。やはり罪悪感があるのか、表情は不安そうだった。

もっとも、それで止めるはずがない。

「ごめんない、博道さん……私、もう止まれないんです」

ファスナーを下ろしてパンツごと一気に引く。

勢いよく肉棒が飛び出てきた。その光景にクラクラする。

（ああ、太くて硬くて逞しくて……もうベトベトになってる……）

いくつもの血管を浮かび上がらせた肉棒は、はち切れそうなほどに肥大していた。

若さを誇示するかのように反り返りは凄まじく、下腹部に亀頭がつきそうなほどだ。よほど興奮してくれているのか、肉棒全体にはたっぷりと先走り汁が絡みついていて、妖しい光と匂いを放っている。

「すごいです……私でもうこんなに……」

自分の姿や行為で興奮していることが、たまらなく嬉しかった。

見ているだけなど、もう不可能だ。美彩子はそっと細指を肉棒に絡ませて、そのまゆっくりと擦過する。

「うぅっ……美彩子さん、それは……」

「ああ、ものすごく熱いです……ずっとビクビクしてますよ……はぁ、ぁ……」

手から伝わる牡の滾りが愛おしくて仕方がない。震えるたびにカウパー腺液が湧《ゆう》出《しゅっ》し、それが手のひらに絡みつく。クチュクチュという卑猥な音が、煩悩をかき乱した。

(早く欲しい……もう入れたい……っ)

もはや美彩子はただの牝に成り下がっている。若い牡と一つになりたい。忘れかけている官能と、牡の力強さを身体の内側から感じたかった。

「博道さん……いいですよね」

美彩子はそっと彼の耳元で囁《ささや》くと、腰の位置を調整する。続けて、反り返るペニスの先端を自らの秘唇に宛《あて》がわせ、クッと股間を突き出した。

(ああ、私、なんてはしたない格好を……)

自らの浅ましさに赤面しながらも、もう本能は自制できない。姫口に感じる若竿の熱気が全身を焦がしていく。媚肉と子宮が早く欲しいと叫んでいる。

「あ、ああ……っ」

博道は何も返事をしない。というよりは、返事のできる状況ではなさそうだった。

ただただ血走った目を見開いて、美彩子の秘苑を見つめている。

「いやらしくて……恥知らずな女でごめんなさい……。でも、もうこれ以上は……あ、あああっ！」

姫割れを亀頭に押しつけた瞬間、鋭い喜悦が脳天を射貫く。

プチュプチュと下品な粘着音を響かせて、媚肉が剛直を呑み込んでいった。

（あああっ、これすごい……想像よりもはるかに……っ）

セックスというのは、これほどまでに凄まじいものであっただろうか。遠い記憶をたぐり寄せても、これほどの法悦には思い当たらない。

「あ、ああ……めちゃくちゃ熱いです……ううっ」

博道が歯を食いしばって呻《うめ》いていた。

美彩子の太ももをしっかり摑んで、ぐぐっと爪を立ててくる。その仕草と痛みが、さらに女の矜持を満たしてくれた。

やがて肉棒のすべてが美彩子の中へと埋まる。太さと熱さ、硬さと震えのすべてが体内からダイレクトに伝わって、美彩子の官能を激しく揺らす。

（してしまった……博道さんとセックスを……もう言い訳できない……あと戻りもできない……っ）

今さらになって自らの罪深さを実感する。

しかし、それは瞬時に快楽へと変貌し、美彩子を甘い達成感に酔わせるのだった。

(博道さん、いっぱい感じて……私で気持ちよくなってくださいね。私なんかに興奮して求めてくれたこと、何倍にもしてお返ししますから……)

卑しい牝と化した美彩子は、熱い瞳で少年を見下ろした。

4

圧倒的な快楽に、博道は声すら出せないでいた。

(美彩子さんの中……めちゃくちゃ気持ちいい……っ)

まさに未知の法悦だった。熱い媚肉は蕩けるように柔らかく、絶妙な力加減で勃起を包む。膣膜全体が蠕動し、入れているだけで愉悦は刻一刻と高まっていた。

(マズいぞ……入れてるだけだってのに……気を抜くと射精してしまいそうだ……っ)

挿入の快感はもちろんのこと、重そうに揺れる美巨乳と恍惚とした美彩子の表情、そして濃度を増す彼女の香りが博道の牡欲を刺激する。肉棒は限界を訴えるように、ビクビクと激しい脈動を繰り返していた。

「あ、ぁ……中で震えているのがよくわかりますよ……ああ、素敵ですぅ……」

美彩子が卑猥な微笑みで見つめてくる。それだけでカウパー腺液を膣奥へと注いでしまう。

（ダメだ……このまま流されちゃ。ゴムもつけてないのに挿入なんて、万が一のことがあったら）

結那とのセックスではコンドームをつけることが常である。

もちろん、博道とて避妊具なしのセックスに憧れがないわけではない。だが、最悪のパターンを考えると、実現する勇気は持てなかった。

「あ、あの……美彩子さん、ゴムを……ゴムをつけなきゃ」

「んん？　ああ、そうでしたね……」

美彩子は些細なことであるかのように軽く言う。

そして、蜜壺をググッと押しつけてきた。プチュっと愛液が淫音を立てる。

「うあ、あっ」

張り詰めた亀頭に膣奥が強烈に擦れてきた。あまりの刺激と快楽に、たまらず呻いて手元のシーツを握りしめる。

「……入れてしまった以上、今さらゴムなんかつけても意味ないです。だから、そんなことは考えないで……あ、あっ」

美彩子が下半身を前後に揺らしはじめてしまう。

圧倒的な法悦が博道の股間に襲いかかった。

（そんな……美彩子さん、下手《へた》したら妊娠してしまうかもしれないのに……っ）

美彩子の行動が理解できない。ただでさえ禁断の浮気行為なのに、さらなるリスクを取るというのか。

（でも……気持ちいいっ。とんでもなく気持ちいいっ）

美熟女の蜜壺は、少年にとっては魔性の性具だった。腰を一つ揺らされるだけで、まともな思考など霧散される。

己《おのれ》の本能が強制的に沸騰させられた。もはや、博道は美彩子を交尾の対象として考えることしかできない。

「ああっ、ああん！　すごいですっ、奥にグリグリ当たって……ああ、たまんないですぅ！」

美彩子は甲高い嬌声を交えて、ありのままに快楽を口にする。

彼女の瞳はずっと自分を向いていた。澄んだきれいな双眸《そうぼう》が情欲に濡れて蕩けている。腰の動きは刻一刻と激しく熱烈さを増していた。あっという間に結合部は淫液にまみれてしまい、グチャグチャと卑猥な水音を響かせる。

（もう無理だ。リスクも何もかも関係ないっ。もうどうでもいいっ）

博道の中で何かが弾けた。

理性や良識がいっせいに崩壊する。

牡として繋がった牝を支配する。その本能のみが博道の意識を支配した。

「美彩子さんっ」

博道は手を伸ばし、弾む蜜乳を鷲摑む。そのまま揉み込んでから、硬く実った乳頭を摘んだ。

「ひあ、ああっ！　あぁ、おっぱいもっとして……あ、ああ！」

「おっぱいだけじゃないでしょ。美彩子さんが欲しいのはこっちもですよねっ」

押しつけられる膣奥をこちらからも押し上げる。

瞬間、美彩子の裸体が大きく震えた。

「ひぎっ！　あ、ああっ……それダメっ、ダメぇ！」

「ダメじゃないですっ。ダメって言ってもやめません。美彩子さんが始めたことなんです。このまま……一方的に続けますからねっ」

片手で乳房を揉みしだき、もう一方の手で腰を摑んで腰を突き上げる。博道は本能を剝き出しにして美沙子を貪りはじめた。

(美彩子さんが求めてくれるなら、与えられるだけ与えてやるっ。僕を……美彩子さんの身体に徹底的に刻んでやるっ)

博道は歯を食いしばり、熟れた女体を求めつづけた。


(ああっ、すごいっ。これが博道さんの本気なのね)

獣と化した少年に美彩子は完全に溺れていた。

絶え間ない快楽が全身を駆け巡り、白い素肌を熱く焦がす。

結合部の淫液は白濁化してしまい、濃厚な性臭を撒き散らしていた。

「美彩子さん…ああ、美彩子さん！」

少年は必死になって腰を突き上げてくる。

硬い亀頭が膣奥に叩きつけられるたびに、美彩子の女としての芯を震わせた。

(私とのセックスに一生懸命になって……ああ、本当に嬉しいっ)

快楽はもちろんのこと、求めてくれる事実が嬉しかった。それがより性感を高めてきて、白い肌に甘い汗を滲み出させる。

「博道さん……ああ、もっと気持ちよくなってて っ」

美彩子は自らも股間を押し出し、腰を前後左右に揺すりつづける。

グチャグチャと下品な粘着音が響き渡って、そのたびに脳内で喜悦が弾け飛ぶ。

ベッド一つがやっとという狭い室内は、若さと熟れが醸し出す卑猥な空気と熱に満ちていた。

（ああ、ダメ……気持ちよすぎて……嬉しすぎて……腰が止まらない……自分が止められないっ）

腰の動きは止まるどころか、激しさを増すばかりだ。

博道は歯を食いしばりながら、乱れに乱れる自分の痴態を見上げてくる。羞恥は悦楽となって美彩子を追い詰めた。

（ああ、ダメっ。おかしくなっちゃう……どこまでもいやらしい女になっちゃうっ）

未成年の、しかも娘の彼氏に手を出してる時点で、自分はどうしようもない悪女で淫乱だ。その背徳と悪の味に美彩子はすっかり酔いしれている。もう逃れることなど不可能だった。

「あぁっ、美彩子さん……このままだと出ちゃいますっ。ううっ」

突然、博道は起き上がると、そのまま美彩子を背後に押し倒す。

間髪入れずに、剛直が叩き込まれた。濡れた肉同時が激しくぶつかり、バチュンと大きな音を立てる。

「ひぃいん！　あ、ああっ……すごいっ、すごいですぅ！」

いつもの優しくて少し気弱な少年は、完全に獰猛《どうもう》な野獣と化していた。

美彩子を牝として求めて、乱暴なまでに腰を振り立てる。

限界まで肥大した雁首が媚肉を絶えずえぐりつづけた。鉄球のように硬くて熱い亀頭が膣奥に突き刺さっては、子宮口を押圧してくる。

（ああっ、博道さんが夢中になって……出してっ、私で思いっきり出してっ）

膣内射精など許してはならない絶対のタブーだ。

だが、不貞を働いた以上、これ以上のタブーなどあってないようなものである。

美彩子は甲高い悲鳴をあげながら、自らも腰を上下に振りつづける。

（おち×ちんが震えてる……さっきよりも大きくて硬くて……これ以上されたら私……私はっ）

破滅的な快楽の予感に背筋が震えた。だが、子宮と蜜壺はそれを期待し、さらなる収縮を見せてしまう。肉棒をきつく締めているのが自分でもわかった。

「ううっ、出る……ああ、出るぅ！」

博道は雄叫びをあげると、一気に勃起を引き抜いた。

瞬間、灼熱の白濁液が美彩子の裸体に降り注ぐ。

「はぁ、ぁっ……ああ、熱いのが……ああ、いっぱい……」

若さを内包した精液はおびただしいほどの量だった。腹や下腹部はもちろんのこと、重く揺れる乳房にまで降り注ぐ。

むわりと濃い性臭が立ち上っていた。自らの身体から振り撒かれる牡の匂いに、脳髄からクラクラしてしまう。

（中に出してもよかったのに……）

これほど濃い若汁を注がれたら、いったいどれほど深くて刺激的な快楽が得られたであろうか。きっと、射精されただけで途方もない絶頂に引き上げられたであろう。

「はぁ、っ……あ、ぁ……すみません、こんなにかけちゃって……」

博道は肩で息をしながら謝ってくる。これだけの量を噴出させたのだから、身体に来る反動はそれなりのものであっただろう。

「いいんですよ……むしろ嬉しいです。私でこんなにいっぱいの精子を出してくれたんですもの……」

身体の火照りを感じつつ、いまだ萎えようとしない若竿に指を伸ばしていく。

濡れた先端を軽く撫でると、少年がビクンと震えてる表情を歪めた。

（まだカチカチじゃない。一回じゃ物足りないのね……）

博道は恥ずかしさと罪悪感からなのか、本心を言おうとはしない。

ならば、自分から誘ってあげようと思った。この心優しき少年は美彩子が懇願すれば応じてくれるはずだ。

（私が欲しいんだもの。もっと身体に博道さんを受け入れたいの）

美彩子はそっと亀頭を手で覆うと、そのままゆっくりと肉筒を擦過する。二人の淫液にまみれた勃起はグチュグチュと卑猥な粘着音を響かせて、そのたびに若竿は力強い脈動を繰り返す。

「うあ、あっ……美彩子さん、ダメです……イッたばっかりだから……ああっ」

「イッたばっかりなのに、イク前のままですよ……ああ、とってもたくましい……本当に素敵です……」

精子で濡れた肌をそのままに、美彩子はゆっくりと起き上がる。

強烈な性臭を放つ肉槍をぱっくり咥えて呑み込んだ。考えなどのない、本能からの無意識の行動だった。

（いまだに硬くて熱い……博道さんのおち×ちん好き……ううん、私は博道さんが好きなの……）

苦悶して呻く博道だったが、美彩子から逃げるようなことはしなかった。

美彩子は自分の愛情が伝わるよう、丁寧かつねっとりとペニスを味わいつづける。

（結那……ごめんなさい。お母さん、もう博道さんと身体を重ねる喜びを知ってしまった……。もう逃れられない……もっと繋がりたくて我慢できないの……）

愛しい少年の分身を頬張りながら、許されぬ懺悔《ざんげ》を胸中で呟《つぶや》く。

その背徳感と罪の意識が、延々と美彩子の牝としての炎を燃やしていた。

男根の震えは自らの浅ましさを責めているのか、それとも、さらなる不義理の沼へと誘《いざな》っているのか。タブーの法悦に溺れた美彩子には、もはや判断がつかなかった。

第三章　嫉妬まみれの膣内射精

1

天気のいい休日。博道は駅近くにあるフランチャイズのカフェにいた。

休日のせいか店内は満席に近い。スマホを眺める人がいて、本を読む人がいて、ノートパソコンで何かを打ち込んでる人もいる。

同時に仲睦《むつ》まじそうなカップルもちらほらといた。自分と同じくらいの年齢もいれば、少し年上のカップルもいる。もしここに結那がいれば、彼らといっしょに何気ない風景として溶け込めることだろう。

だが、博道が待っているのは結那ではない。

（美彩子さん……そろそろかな）

スマホを取り出し画面を点《つ》ける。約束の時間まで十分ちょっとという時間だった。

（今日は美彩子さんとデートか……嬉しいけれど、大人な彼女を上手《うま》くエスコートできるかな……）

手元のコーヒーを一口飲んだ。ぬるいどころか冷たくなっている。四十分以上も前に注文したものなのだから当然だ。

（あの日、美彩子さんとセックスして……僕も美彩子さんも、お互いに抜け出せなくなってしまっている……）

残り少ないコーヒーの水面を見つめ、博道は一人今日までのことを反芻《はんすう》した。

美彩子と肉体関係となったあの日は、結局夜中まで彼女と快楽を貪《むさぼ》った。起きたら起きたで求め合い、帰宅したのは昼すぎだ。

それ以降、何度も身体を重ねてしまっている。結那の目を盗んでは彼女の家を訪れて、激しく濃厚に愛し合う。

美彩子は回数を重ねるごとに大胆になり、淫らさも増していた。ふだんの淑女ぶりからは想像もできない乱れぶりだ。

そのギャップが博道を捉えて離さなかった。今では結那よりも美彩子のことを考えることが多くなってしまっている。

（最低で最悪なことだとはわかっている。本来なら結那ちゃんと別れるべきだというのに……僕ってやつは……）

自分の浅ましさが腹立たしいが、一方で結那に別れを切り出す勇気もない。自分の情けなさと卑劣に自分で自分が嫌になる。

だが、暗い気持ちでいるわけにもいかない。今日は美彩子とデートなのだ。女性を相手にする以上、ネガティブな空気を醸し出すのはご法度《はっと》だ。

（美彩子さん、今日のデートをとっても楽しみにしてくれていた。僕もその期待にしっかりと応えなきゃ）

胸中にこびりつく罪悪感を無理やり引き剝がし、博道は俯いていた頭を勢いよく上げる。

すると、店の外を小走りに走る美女がいた。美彩子だった。

「ごめんなさい、待たせちゃいましたね」

美彩子は店に入ると、すぐに博道の迎えの席に腰を下ろす。いつから急いでやってきたのか、相貌はほんのりと上気して、頰に艶やかな黒髪が数本貼りついていた。

「い、いえ……まだ約束の時間から十分も前ですよ？」

「でも……博道さんのことだから、絶対に先に待ってくれてると思いましたし……実際、待っててくれたじゃないですか」

少しだけ首を傾《かし》げてニコリとしてきた。

その美しさと可愛らしさの同居にドキリとする。

（ああ、美彩子さん……どこまで魅力的なんだっ）

彼女の美貌は自分だけが感じるものではない。現に、彼女が席に来るまでの間に何人かの男が視線を送っていた。今もチラチラと目を向けてくる人がいる。羨望と敵意が入り混じっていた。

（こんな美人がいたら見たくなるのも無理はない。絶対に釣り合っていないガキだって思われているだろうな……）

妙な優越感と申し訳なさが博道に込み上げていた。

「私も何か頼んできますね。あ、もう飲み物がないじゃないですか。何か注文し直します？」

美彩子が少し高い前屈《かが》みになって尋ねてくる。ふわりと甘い香りが漂った。外出のためなのか、いつもよりも香りが強い。

「そうですね……じゃあ僕が買ってきますから、美彩子さんは何がいいですか？」

今日のために貯金は引き出してきた。今後のことを思えば痛いが、美彩子との逢瀬での幸福を思えば迷うまでもない。

だが、美彩子は穏やかな顔のままふるふると首を振る。

「ダメですよ、博道さん。私にすべてを奢《おご》ろうとしているでしょ。そんなのはダメです」

「え……でも……」

「博道さんは高校生なんですよ。そういうのは自分でお金を稼げるようになってからです。今日はね、私が全部払います」

ピシャリと言われれしまった。

（気遣いはありがたいけど……そんなことでいいのか？）

納得するべきなのかしないべきなのか判断できない。博道にそこまでの人生経験などあるはずがなかった。

すると、美彩子は整った顔の真横にピンと一本指を立てて語りはじめる。

「それに……今日は私が希望したから博道さんが応じてくれたわけでしょう。言い出しっぺの私が責任取らなくてどうするんですか。私はこれでも大人なんですから……甘えてくれていいんですよ」

どこまでも優しい口調と声色《こわいろ》だった。その柔和さに気持ちがふわふわとしてしまう。

（美彩子さん、どうしてここまで優しいんだ……）

博道が一種の感動を覚えていると、彼女はすっと立ち上がった。

「じゃあ、いっしょに注文しにいきましょう。値段は気にせず好きなものを頼んでください ね」

女神のような微笑みに誘われて、博道もフラフラと立ち上がる。

周囲から向けられる視線は、もう気にならなかった。

2

華やかなショッピングモールを歩きつつ、美彩子は胸を躍らせていた。

自分一人で訪れたなら、ここまでの高揚感はありえない。すべては隣に博道がいるからだ。

（年甲斐もなくいっしょにいてはしゃぐなんて、私もダメな女ね……）

一人自嘲してみるも、それで落ち着くことなどできない。

美彩子は常時ニコニコしては、傍らの博道に視線を向けていた。

「あ……」

突然、博道が歩みを止める。

何事かと思い、彼の視線の先を追った。

（あれは……コート）

洋服屋の店頭にはポーズをとったマネキンに着せたロングコートがあった。白い記事で首周りがふわふわとしている。

「あれがどうかしたんですか？」

「いや……その……」

言いにくそうにする博道だったが、ちらりと自分を見たあとに小さく口を開いた。

「美彩子さんに……とてもよく似合いそうだな……と」

「えっ」

思いがけない言葉にキョトンとした。

確かにコートはとても可愛く上品だが、自分に似合うとは思わなかった。美彩子は着飾るようなタイプでもないので、まったくそんな意識がない。

「……ちょっと行ってみましょうか」

美彩子は博道を連れて店の中へと入っていった。

そして間近でそのコートをよく見つめてみる。

（博道さんがそう言うのなら……）

　着るだけならタダである。美彩子は自らのコートを脱ぐと、傍らに陳列されている同じものを手に取った。

　博道が見つめるなかで試着するのは少し恥ずかしい。似合わなかったときに落胆させてしまうのでないかと怖くもあった。

　だが、いざ着てみると、彼の表情が一気に明るいものになる。

「やっぱり。すごく似合ってますよっ」

（そんなに……？　私は歳に不相応なんじゃないかと思うんだけど……）

　美彩子はいまいち納得しない状態のまま、近くにあった姿見に自分を映す。

　そして少し驚いた。

「あ……確かにいいかも」

　白い色のせいか、着ている自分が華やかに見えた。黒い髪との対比も映えている。自己陶酔するわけではないが、博道の言うとおり、自分にはとても似合っているように見えた。

「本当によく似合っています。モデルさんみたいですよ」

「そんなお世辞を……でも、そこまでは言われると」

セール品なだけあって値段もそれほど高くはない。

何より博道が見つけて似合っていると太鼓判を押してくれるのだ。買わない手はなかった。

「じゃあ買っちゃおうかな。博道さんが見繕ってくれたんですしね」

「うん。僕もその姿の美彩子さんといっしょに出歩きたいです……あ、今の姿がダメなわけじゃないですから」

そう言って少し頬を赤らめた。

（ああ、かわいい……）

今までもそうだったが、今日は彼に胸の高鳴りが止まらない。キュンキュンするというのは、こういうことを言うのだろう。久々の感覚は、十数年ぶりのときめきだった。

「すみません……本当なら僕が買うべき場面なのに……」

会計へと向かう途中で、そんなことを言ってくる。

「いいんですよ。気持ちだけで充分です。さっきも言ったけど、今日は私のワガママに付き合ってもらっているんですから。いっしょに出歩いて、これを見つけてくれただけで充分すぎるほどですよ」

美彩子の嘘偽りのない気持ちだった。自分のような年増とデートをしてくれているのだ。それだけで美彩子の胸中では熱いものが溢れている。

（おしゃれなレストランとか、高価なプレゼントも必要ない。私は博道さんといっしょに過ごしているだけで満足なんだもの）

博道にも自分と過ごすことで満足感を得てもらいたい。気負ったり背伸びしたりしなくてもいいのだとわかってほしい。

「博道さん、そろそろお腹空きませんか？　何か食べたいものがあったら……」

「あれ？　ヒロくんとお母さんじゃない」

急に投げかけられた言葉にギョッとした。

目を見開いて声がしたほうへと視線を向ける。

聞き間違えるはずがなかった。そこにはなぜか結那がいた。

（な、なんでここにっ？）

一気に血の気が引いていく。自分の娘に対して一株の恐怖感がこみ上げた。デートの高揚感などあっという間に霧散してしまう。

「ゆ、結那。どうしてここに？」

なんとか平静を演じつつ、いつもの調子で訪ねてみた。もっとも、声は若干震えている。

「友だちと遊びに来てたんだよ。お手洗いから戻ろうと思ったら、なんか見覚えがある二人がいるなって思ったから」

結那の口ぶりから察するに、二人の関係を怪しんでいる素ぶりはない。単純にいっしょにいることへの疑問を感じているようだった。

それでも、美彩子の胸中は穏やかになるはずがない。

(そんなカラオケに行くって言ってたじゃないの)

「結那ちゃん、今日は友だちとカラオケに行くって言ってなかった?」

同じ疑問を持ったのだろう、博道がかわりに聞いてくれる。彼も緊張しているのか、声のトーンがややおかしい。

「うん。さっきまでカラオケにいたんだけどね。一通り歌い終わったら飽きちゃって。だから、みんなでとりあえずここに来てみたの」

結那はそう言うとニコリと笑う。

ふだんならかわいい我が子の笑顔が、今日ばかりは邪悪なものに感じられた。そして、そう思ってしまう自分に嫌悪する。

「で、どうしてお母さんとヒロくんが?」

結那が表情を変えずに首を傾げる。

なんと説明すればいいだろう。自分たちは絶対に知られてはならない関係だ。上手い嘘を考えなければ。

だが、混乱する頭では考えがまとまらない。早く言わなければ。言ってはぐらかさなければ。焦りだけが募っていき、背中に嫌な汗が吹き出てしまう。

「お母さん？」

「あ、あのね……」

「たまたま会ったんだよ」

微妙な空気を破ったのは博道の声だった。

「僕が暇つぶしにここを回っていたら、たまたま結那ちゃんのお母さんとばったり会ってね。雑談しつつ、お母さんが気にしてたコートをいっしょに見てたんだよ」

博道はさも本当のことであるかのように振る舞っている。だが、彼も胸中は穏やかではない様子で、首筋にはうっすらと汗が滲み出ていた。

「そっかぁ。でも、こんなところで三人が会うなんて本当に奇遇だよねぇ」

結那はそう言って明るく楽しそうな表情を浮かべていた。恋人の発言を微塵《みじん》も疑っている様子はない。

（よかった……私一人じゃ上手くかわせなかった……）

心の中で少年に感謝した。歳は二周りほども違うが、とても頼もしく思ってしまう。

だが、そんな気持ちは娘の次の言葉に一気に消え失せた。

「じゃあ、ヒロくんはもう用事がないんだよね？」

結那の瞳は明らかに何かを期待している。美彩子は嫌な予感がした。

「え……えっと……まぁ、そうだけど……」

博道も察したのだろう。彼は瞬間的に言い淀んだが、結局はもっとも安全な答えを口にした。

「そっかぁ……ちょっと待っててっ」

結那はそう言うと、小走りに少し離れたところにあるソファベンチへと向かっていく。

数人の女子が固まっていた。おそらく彼女の友だちだ。

ちらりと博道に視線を向けると、彼は気まずそうに集団から目を逸らしている。きっと博道にも馴染みのある子たちなのだ。おそらくクラスメイトなのだろう。

結那は彼女たちに一言二言だけ言うと、全員に手を振ってから戻ってくる。

残された彼女たちがこちらを見てニヤニヤしていた。

こうなると、結那が口にする言葉は一つだけだ。

「お待たせ。ヒロくん、どうせだったらいっしょにデートしようよ？」

娘が告げる予想どおりの言葉に、美彩子は現実へと叩き落とされる。

目の前でこんなことを言われたならば、博道が断れるはずがないではないか。

「えっと……その……」

「うふふ。二人の邪魔をしちゃ悪いから、私はもう行くわね」

美彩子は必死に女としての自分を殺した。母親にならなければ。いつも演じている優しくて物わかりのいい恋人の母親に戻らなければならない。

（自分とのデートは終わり。正真正銘の恋人同士には敵わない……）

自分がこれ以上いれば、博道を困らせるだけだった。

美彩子はふだんどおりの柔和な表情を浮かべると、足早にその場を去る。

胸の奥が痛くて苦しい。いつの間にか両手を強く握りしめていた。

それは明らかに、自分の娘に対する、女としての嫉妬だった。

3

夕暮れ、美彩子は喫茶店にいた。窓辺の席に座って、ぼんやりと空を見上げる。

昼間に博道との待ち合わせに使った店である。付近には他にも店はあるのだが、なぜかここに来てしまっていた。

（日の高いうちはここで年甲斐もなく舞い上がってたんだけどな……）

店内は昼間とは打って変わって静かだった。空席も目立っている。

それが、冷たい現実を突きつけられているような気がして、美彩子にはたまらなく心細い。

（私は本当にダメな女……未成年を誘惑して浮気させてるだけでも最悪なのに、今度は自分の娘に嫉妬するなんて……っ）

自分の浅ましさが腹立たしい。

そして、それでも博道にすがろうとする自分が醜かった。

なぜこんなことになってしまったのか。美彩子は虚空《こくう》を見つめながら反芻する。

もっとも、いくら考えても答えは同じだ。自分はあの少年に惹かれている。女として求めてしまっている。火の点いた本能はもはや消せるものではない。

「うぅ……」

今頃、二人は理想的な高校生カップルとして、およそ思いつくデートをしているのだろう。ショッピングに食事、もしかしたらホテルに行っているのかもしれない。

(それが本来あるべきことで、私は母親として見ていなければならないのに……)

博道が結那と身体を重ねている光景を考えると、胸が痛いくらい締めつけられた。あってほしくない。自分だけに欲望を向けてほしい。

そのためなら何だってする。献身的に奉仕するし、膣内射精もかまわない。むしろ、思いきり身体の奥深くに注いでほしい。

(……本当に最低な女ね、私)

実の娘を欺《あざむ》いて、彼女の恋人との愛欲を渇望している。おまけに危険な膣内射精まで願うのだから、悪女にもほどがある。

(こんなことはよくない……今すぐにでもやめないと。私はともかく、博道さんに申し訳ない……これ以上は迷惑になってしまう)

自身の向かいの席には手提げの紙袋を置いていた。先ほど博道といっしょに買ったコートが美しい白さを覗かせている。

その白さが美彩子には眩《まぶ》しかった。

(こんなの羽織って身なりを整えても、私は欲まみれの薄汚い女じゃない……っ)

自分の精神面を鑑《かんが》みれば、このコートはどう考えても不釣り合いだ。なぜ買ってしまったのかと後悔してしまう。

それに、このコートを持っている以上は、博道のことを忘れられないだろう。今も目にするだけで、彼のことで頭がいっぱいだ。

（けじめをつけなきゃ。いつまでもこんなことで浮かれていてはダメ……っ）

このままでは本当に自分がダメになる。昼間の高揚感や幸福感は微塵もなく、美彩子には焦りと絶望だけが広がっていた。

いつの間に空は深い藍色が広くなり、窓からの覗く街はすっかり夜の姿へと変わっていた。

（……帰ろうかな。他に行きたいところもないし）

結那には自分で夕食を済ませるように連絡してある。今日ばかりはとても夕食を作る気持ちにはなれなかった。そして、美彩子自身は食欲など少しもない。

美彩子は暗い気持ちで俯きながら、ゆっくりと席を立つ。

すると、テーブルに置いていたスマホの画面が点灯した。

博道からの着信だ。

（え？　どうして？）

予想もしていなかったことに驚くが、身体は勝手に動いていた。無意識に手が伸びて電話を受ける。

「ちょっと待ってくださいっ」

美彩子はそう言ってから、急いで店の外に出る。冷えて乾燥した夜風が肌に染みた。

「すみません、いきなり電話しちゃって……あと、約束守れなくて……」

博道は申し訳なさそうに言ってくる。それだけで身体の心が熱く震えた。

「いえ、あれは仕方がないです。博道さんの行動が正しいんですよ」

「でも、美彩子さんがせっかく楽しみにしてくれていたデートを途中で反故《ほご》にしちゃったわけだから……」

博道はそこまで言うと、納得できないとばかりに小さく唸った。

（本当に優しい人なのね……）

気遣いにこちらのほうが申し訳なく思ってしまう。

「ところで……結那はどうしたんです？　まだデートの途中じゃないんですか？」

「結那ちゃんならさっき帰りました。カラオケでだいぶはしゃいでたのか、あのあと疲れた様子だったので」

「じゃあ博道さんも今はご自宅？」

「いえ。僕はまだ駅前にいます。その……もしかしたら美彩子さんがまだいるんじゃゃないかと思って……」

「えっ……」

博道の言葉で身体に甘い痺れが走る。

（博道さん、まだ私と会おうとしてくれてるの？）

どん底だった胸中が一気に晴れやかに、期待に満ちたものになっていく。

博道に会いたい。ただその一心になってしまった。

「私は……お昼に待ち合わせした喫茶店にいます」

「わかりました。今すぐそっちに行きます」

博道はそれだけ言うと通話を切った。

街の雑踏に包まれて、美彩子はぽかんとしてしまう。

（博道さん……ちゃんと私のことを意識してくれたんだ……）

本来ならば、結那といっしょに帰ってしまってもおかしくないのに、自分に会いたいという気持ちを選んでくれた。

その事実が美彩子に悶えたくなるような幸福を生み出してくれる。

（さっきまでは諦めなきゃ、なんて思っていたのに……私って本当に簡単な女ね）

自分自身に呆れるが、それでもいいと思えた。

彼といっしょに時間を過ごしたい。息遣いと体温を感じたい。博道が欲しい。

美彩子は寒い夜空のもと、スマホを両手で握りしめていた。

4

「美彩子さん……んんっ」

「博道さん……ああっ、博道さん……っ」

お互いに名前を呼びながら、濃厚な口づけを交わしつづける。

もうかれこれ五分はこの状態だった。

(美彩子さん、今日はいちだんと激しいというか……ものすごく積極的だ)

止まることのない舌の蠢《うごめ》きに、博道は必死に応じていた。

連絡をしてから数分後、喫茶店の前で再会した。

ご飯でも食べようかと思ったのだが、美彩子は「ついてきて」とだけ言って、博道をやや強引にホテルへと引き込んだのだ。

「もっとください……あぁ、きつく抱きしめて……」

舌を絡めながら美彩子が懇願する。顔はすっかり赤くなり、漏れる吐息は甘くて熱い。自分を見つめる双眸は蕩けていて、宝石のように煌《きら》めいていた。

（ああ、ダメだ……僕も今日は美彩子さんがめちゃくちゃ欲しい……っ）

美彩子の激しい求めに、煩悩が沸騰する。

キスだけでは我慢ができなかった。博道は彼女の望むままに強く抱きしめてから、甘い香りを放つ首筋へと舌を這わせる。

「あぁっ……博道さんに舐められるの気持ちいい……」

美彩子は博道の背中に手を回してギュッと摑む。密着してくる身体の柔らかさが、博道の牡欲をどこまでも刺激してきた。

（透き通るように肌が白くて、黒い髪はつやつやで……本当にたまらないっ）

肌も髪も美しく、妙齢の女性特有の色気が溢れている。娘の結那には醸し出せない艶やかさに、博道の興奮はますます高まる一方だった。

「ああ、もうこんなにしてくれて……はぁ、ぁ……」

美彩子が股間の膨らみに手を添える。手のひらで包み込んできたかと思えば、揉むようにして撫でてきた。

「うあ、美彩子さん……っ」

痺れるような淫悦に堪《たま》らず呻《うめ》きを漏らすと、美彩子は卑猥な微笑みでこちらを見上げた。

「とてもビクビクしてて……ああ、今日もとても熱いです……」

だらしなく緩んだ唇から発情の吐息を漏らしつつ、彼女がベルトの留め具を外してきた。

緩んだ腰を両手で摑むと、一気に引き下ろしてしまう。

はち切れんばかりに肥大した剛直が飛び跳ねた。

「ああ、素敵ですよ、博道さん……」

美彩子は瞳をさらに潤ませて、静かに肉棒を摑んできた。

（ひんやりしてて気持ちいい……勝手にビクビクしてしまう……）

勃起が歓喜の脈動を繰り返す。鈴口から先走り汁がどぷりと噴き出した。

「はぁ、ぁ……もうこんなグチョグチョに……ああ、いやらしい……」

蕩けた双眸でうっとりと見つめる。彼女の卑猥な姿は何度も見ているが、まったく飽きるということがない。むしろ、見れば見るほどに美彩子への劣情は加速していた。

「美彩子さん……あんまり触られるとすぐに出ちゃいます……」

「いいんですよ、我慢なんかしないでください。感じるままに感じて……私に博道さんの本能を思いっきりぶつけてくださいね。私、今日はいっぱい博道さんを感じたいんです」

そう言って突然しゃがんだ美彩子が亀頭に唇で触れてくる。

張り詰めた球形から甘やかな愉悦が広がった。

「うぐっ……まだ洗って……うあ、ぁっ」

博道の言葉を無視して、美彩子は先端を呑み込んだ。口内に含んでから、ねっとりと舌を絡ませてくる。

「博道さんの味がします……ああ、好きです……これ、大好きなんです……っ」

言葉どおりに彼女は亀頭を堪能しはじめた。溢れるカウパー腺液を舌先にこそぎ、肉傘の返しをなぞってくる。ちゅぱちゅぱと音を立てては、ちゅうちゅうと吸ってくる。

（ああ、ヤバい……これだけで出てしまいそうだ……っ）

美彩子のフェラチオは絶品だった。今までに何度射精へと誘《いざな》われたことだろう。

しかも、彼女は口淫が好きなようで、こちらがやめてくれと言うまで続けてしまう。発情が高まると、静止を促《うなが》しても無視するくらいだった。さらには当たり前のように精飲するのだから、果てたところですぐに勃起を回復してしまう。

「んっ、んふっ……んぐっ……出してください……私の口と喉を……お腹を博道さんでいっぱいにして……？」

卑猥な願いを口にした瞬間、彼女のストロークが一気に激しくなった。

両手で腰を摑んで止まることなく顔を前後に振り立てる。唾液と先走り汁が唇を妖しく輝かせ、糸を引いて床へと垂れ落ちた。

「ま、待って……ああ、そんなにしたら……っ」

口腔粘膜が肉棒に絡みついては擦れ合い、途方もない愉悦を生み出した。

博道は無意識に美彩子の頭を摑んでしまう。ぐぐっと腰を押し出し、喉奥へと勃起を突き入れる。

「ぐぅ、っ……んんっ、ふぐぅ！」

苦しそうに眉根を寄せる美彩子と目が合う。滲み出た汗で黒い前髪が額に貼りついていた。

双眸はたっぷりの涙を浮かべて光っている。だが、淫欲に蕩けた両眼は視線で「このまま射精して」と伝えてくる。

限界だった。

「うあ、あ……出る、出るっ！」

叫んだ瞬間、股間の奥が爆《は》ぜた。

肉棒が跳ね上がる勢いで、大量の白濁液を噴出する。

「んっ、んんっ……ふぅ、ぅんっ」

美彩子は必死になって博道の股間にしがみつく。爪を立てた指がガクガクと震えていた。

（ああ……とんでもないくらい出してしまった……美彩子さん、大丈夫かな……）

吐精の甘やかな余韻に浸りつつ、ぼんやりとした目で彼女を見下ろす。

美彩子は赤くなった頰に涙の筋を描きながらも、決してペニスを吐き出そうとはしなかった。ふーっふーっと鼻で荒く呼吸をして、博道の精液すべてを受け入れる。喉仏が上下に何度か動いていた。

「……んはぁ、ぁ……はぁ、はぁ……精液が……とても熱いです……」

注いだ精液をすべて飲み干してから呟《つぶや》いた。

顔は先ほど以上に赤くなっていて、涙の跡がくっきりと残っていた。美しい黒髪は乱れてしまって、ところどころでまとまりを失っている。そんな状態で夢に浸《ひた》っているかのようにぼんやりとしている。

（なんてエロいんだ……なんで美彩子さん、こんなにエッチなんだよ……）

美彩子が醸し出す色気はゾッとするほどだ。

萎えかけていた肉棒に、再び血流が集中してくる。徐々に硬さと角度が回復して、あっという間に射精直前の状態にまで戻ってしまう。

「あぁ……すごいです。またこんなに……んふっ」

立てつづけの屹立に、美彩子はうっとりしながら顔を寄せた。

見せつけていた裏筋にゆっくりと舌を這わせてくる。さらには陰嚢までをも舐め回し、両手を使って股間すべてを刺激してくる。

「おち×ちん……はぁ、ぁ……博道さんのおち×ちん……」

同じ単語を繰り返しながら、股間全体への愛撫をやめようとしない。その姿はまさに中毒になっていると言っても過言ではなかった。

5

（ああ、博道さん……好き……大好きなんです……）

美彩子は女の本心を何度も胸中で繰り返しながら、博道の身体を舐めていた。

ベッドで仰向けになる博道も、覆い被さるようにくっつく美彩子も、すでに全裸の状態だ。

（身体を重ねているだけで気持ちいい……博道さんじゃなきゃ、こんな幸福感は得られない……）

重なる素肌がたまらなく心地いい。少年の瑞々《みずみず》しい肌が、美彩子の芯を潤わせてくれる。

「ああ、美彩子さん……めちゃくちゃ気持ちいいです……うぅ」

うっすらと目を開けて呟く博道は、完全に快楽に漂っている。

そんな様子がたまらなく愛しくて、美彩子は何度目かわからないキスをした。

（キスも気持ちいい……舌を絡めるたびに意識がどんどん溶けてしまう……）

口内粘膜を求めて唾液を注ぎ、互いに混ぜ合わせては嚥下《えんげ》する。腹部がぽっと熱くなり、その熱は身体の隅々にまで伝播《でんぱ》した。

特に下腹部の奥では牝の本能が激しく渦を巻いている。

「美彩子さんのここ、めちゃくちゃ濡れてる……」

身体を撫でていた博道が、その手を股間へと移動させる。

触れられた瞬間、クチュっと卑猥な音がした。甘やかな電流が背筋を走り、たまらず臀部を跳ね上げる。

「あぁっ……だって、博道さんが欲しいから……あ、ああぅ！」

美彩子の言葉を遮るように、少年の指が熟れた膣肉を割り裂いてくる。

発情しきった蜜壺は峻烈な快楽を生み出した。肘立ちした上半身がブルブル震え、首を仰け反らせて喘ぐことしかできなくなる。

「ものすごく熱い……ああ、トロトロだ……」

博道は陶酔したように呟いて、膣膜のあらゆるところを刺激してくる。

すでに彼には自分の敏感なところは把握されていた。あっという間に弱点とも言うべき部分を探り当てられる。

「ひぃ、いい！　そ、そこ……そこダメぇ！」

全身がビクンと波打ち、白い背中を反らして鳴く。

もっとも、この少年がそんな姿にさらに本能を滾《たぎ》らせるのはわかっていた。

「どんどん溢れてきてますよ。ああ、ふわふわのおま×こが締まってくるっ」

博道は的確に美彩子のポイントだけを攻めてくる。

腰は勝手に動いてしまい、さらなる愉悦を求めていた。

（ああ、もっと欲しい……博道さんにぐちゃぐちゃにしてほしい……私のいやらしい姿でどこまでも興奮してほしいっ）

自分の娘に嫉妬した恥知らずな母は、同時に卑しい牝である。少年にこの身を捧げて、快楽のために使われる。それこそが美彩子の願望であり、娘に対抗できる唯一の術《すべ》だ。

（博道さんがずっと見てる……淫らな私を見て興奮してくれている……）

自分のはしたなさが彼の牡欲を沸騰させるのならば、どこまでも乱れたい。美彩子は己の願望を達成しようと、快楽に歪んだ顔で博道を見下ろす。

「ねぇ、もう入れてください……指だけなんかじゃイヤぁ……」

博道の逞しい屹立が恋しくて仕方がない。あの硬くて太い、若い熱を纏《まと》った肉筒を自分の最深部で感じたい。

承知したとばかりに博道が指を抜く。ぷちゅんと卑猥な水音のあと、外れた刺激で身体が震えた。

「私から入れますからね……はぁ、ぁ」

強烈に反り返っては脈動を繰り返す肉棒に、ゆっくりと姫割れを重ねていく。

裏筋と入口が重なった。男根の灼熱が一気に脳髄までをも焦がしてくる。

（入れてもないのに、これだけで気持ちいい……腰が本当に止まらない……っ）

裏筋をなぞるかたちで腰を揺らし、自らの淫液をまぶしていく。

博道の肉棒はあっという間にドロドロになり、脈動はいちだんと強くなっていた。硬く膨れた亀頭を膣口に引っかける。期待に蜜膜が収縮する。

「博道さん……あ、あはぁ、あん！」

一気に腰を下ろした刹那、脳内で激しい閃光が起こった。

全身の筋肉は硬直し、続けてビクビクと戦慄《わなな》きを繰り返す。

（ああ、ダメ……また入れただけでイッちゃう……！）

一度ならず二度三度と立てつづけの絶頂だった。

官能に震える白い肌が滲み出た汗で濡れてしまう。豊かな乳房は細かく波打ち、ぷるぷると震えていた。頂点で実る乳首ははち切れそうなほどに肥大している。

（見て……博道さんとのセックスで乱れ狂う私を……私がどれだけ博道さんを必要としているのかしっかりと見て）

自らの卑猥さを積極的に晒して、博道の興味を自分に注ぐ。

こんなことを結那はできないであろう。だからこそ、美彩子はどこまでも淫らになってしまおうと思った。

（人からどんなに批判されようと、蔑《さげす》まれようとかまわない……お願いだから……私だけを見てっ）

封印していた娘への対抗心は、もう隠すことができなかった。

6

美彩子の熱烈な腰遣いに、博道は歯を食いしばる。

熟れた女だけが与えてくれる、柔らかくて圧倒的な心地よさは、少年の性欲をどこまでも煽ってくる。

(気持ちいい……気持ちよすぎるっ)

同い年の結那では、これほどまでの悦楽は得られない。

博道は完全に美彩子の虜《とりこ》と化していた。

(美彩子さんはずるい……全部が全部、魅力的すぎるんだっ)

揺れ弾むたわわな乳房とほどよい肉づき、それらを包む白くて肌理の細かい肌。見ているだけで血液が沸騰してしまう。

「はぁ、っ……ああんっ」

鈴を転がすような声での牝鳴きがたまらない。もし自分が童貞だったら、聞いているだけで射精してしまうだろう。

（甘い匂いが……美彩子さんの香りがどんどん強くなっている……っ）

湿り気を帯びた肌から放たれる芳香が、博道の意識を奪ってくる。まさに媚薬とも言うべき香りは、美彩子のフェロモンが濃厚だった。牡の本能が機敏に反応してしまう。

「はぁ、あんっ……ああ、おち×ちん、また大きくなって……うあ、あっ」

さらに肥大を増した勃起に美彩子が甲高い嬌声を響かせた。

肩口で切りそろえられた黒髪が上下に乱舞し、遅れて巨乳がバウンドする。快楽に取り憑かれている様は、まさに凄艶と言うより他にない。

「ああ、すごい……ぐちゃぐちゃいってます」

互いの結合部は淫液に濡れそぼり、細かく泡立ち白濁と化していた。漂ってくる淫臭は極めて濃厚で、自分たちが今どれだけ動物的になっているかを如実《にょじつ》に物語っている。

「気持ちいいんですっ……嬉しいんですっ。博道さんが、私をこんなに求めてくれるから。だから……あああぁ！」

美彩子の腰の動きがさらに激しくなった。前後左右に腰を振り、しまいには円を描くようにくねらせた。

亀頭が膣奥と擦れ合い、途方もない喜悦がこみ上げる。

「博道さんっ、博道さん……！」

何かを請うように美彩子が名前を叫びつづける。

濡れた肉が弾ける音と粘液を攪拌《かくはん》する音、お互いの熱い吐息が重なり合う。

(ダメだ……もう我慢できない!)

博道は起き上がり、美彩子を後方へと押し倒す。

すぐさまピストンを開始した。本能に則した容赦のない動きで美彩子の肉体を掘削する。

「ひぃ、いい! あ、ああっ……すごいっ、すごいのぉ! イク……イクぅう!」

甲高い悲鳴を響かせながら、美彩子は盛大に絶頂した。

腰を何度も跳ね上げて、手元のシーツを思いきり握りしめている。

(まだだ……こんなんじゃない。もっと……もっと美彩子さんが欲しいんだ!)

博道は腕に彼女の脚を引っ掛けて、真上から蜜壺へと肉柱を叩きつける。パチュンと濡れた肉の打擲音が室内に響き渡った。

「ダメぇ! ダメぇええ! イッてるんですっ、イッてるのぉ!」

「ダメなのは美彩子さんです! イッてるなら、もっとイッてください! 止まりませんからっ、止められませんからっ」

寸分も休むことなく打ち下ろし、膣奥を押しつぶしては媚肉をえぐりつづける。

（本当に腰が止まらない……このまま射精しないと止まらない！）

お互いの身体は汗にまみれて濡れていた。博道の額や顎から滴った雫が、美彩子の身体に滴っていく。

もっとも、美彩子はそんなことに気を向ける余裕は少しも残ってなさそうだった。艶やかな髪を振り乱し、狂ったように快楽を叫びつづけている。

「ひあ、ああん！　壊れる……ああ、壊れる！　おかしくなっちゃう！」

「壊れてください、おかしくなってください！　僕はもうとっくに……うう！」

自らに蹂躙される美彩子の美しさから目が離せない。血走った目で彼女を見れば、美彩子もまた濡れた瞳で見つめ返してきた。

もっと犯してほしい、もっとめちゃくちゃにしてほしい。甘露にまみれた双眸が博道にそう伝えてくる。

（もうわけがわからないっ。ああ、もう射精することしか考えられないっ）

博道の獣欲が火を噴いた。

投げ出していた美彩子の両手首を摑んで、頭の脇で固定する。

嗜虐めいた行いに、美彩子が「あぁっ」と官能の吐息を漏らした。

博道は本能の赴《おもむ》くままに彼女の蜜壺をえぐっていく。美彩子への気遣いなどはいっさいない、まさに獣の交尾だった。

「はあ、ああん！　あ、ああっ……おかしくなる……狂うっ、狂っちゃうぅ！」

「狂ってください！　エッチに狂いまくる美彩子さんを見せてください！」

「狂わしてっ、壊してっ、ぐちゃぐちゃにしてぇ！　お願いしますっ！」

美彩子は肉棒の突き入れに合わせて、力いっぱいに腰を揺らした。

性器同士が強烈に擦れてぶつかり合う。暴力的な悦楽が襲いきて、股間の奥をダイレクトに刺激する。

「ううっ……出る！　……うあっ？」

腰を引こうとした。だが、それは叶わない。

美彩子の白い脚が腰に絡みついていた。決して離すまいとしっかりとしがみつき、自らの聖域へと切っ先を引き寄せる。

「み、美彩子さんっ」

離してくれ、と言おうとして言葉に詰まった。

美彩子の瞳が必死に懇願していた。このまま射精しろと。自分の一番奥に注げと叫んでいる。

それを把握すると同時、牡の欲望は弾け飛んだ。

蜜壺の最深部、忌避しなければならない場所へ大量の白濁液を注ぎ込む。

「熱いの来てる……ああ、ダメっ……またイクっ、あ、ああ！」

精液の感覚を口にして、美彩子の裸体が再び跳ねた。

背中を弓なりにして硬直する。膣肉が勃起を食い締め、外れることを許さない。

（搾り取られる……全部……最後の一滴まで中に……っ）

滞留していた欲望のすべてを注いでから、博道は大きくため息をつく。

肉棒を抜き取る気力すら湧かなかった。完全に脱力してしまい、美彩子の身体へと崩れ落ちてしまう。

絶頂を経て痙攣を繰り返す美彩子だったが、すぐに博道の背中と頭に手を回す。そのまま強く抱きしめてきた。

禁断の生殖行為とその余韻は、あまりにも甘美で背徳的だ。包み込まれるような幸せの中、博道はいつまでも火照った美彩子の肌で微睡んだ。

7

部屋に備え付けられた浴室は、この手のホテル特有の広さがあった。

汗や淫液を洗い流そうと二人でいっしょに入ったが、守るべき一線を超えてしまった二人には、もう歯止めなど何もない。

「ああ、あぁ！　ゴリゴリ擦れます……はぁ、あぁぁ！」

美彩子は浴室の壁に手をついて、背後からの突き入れに牝鳴きを響かせていた。

二度の射精を経てもなお、博道の肉棒は逞しい勃起を見せていた。お互いの発情は収まることを知らず、必然と再び繋がることを求めてしまう。

（嬉しいの……私をこんなに求めてくれてっ）

女としても牝としても満たされた。本来ならこれで満足するべきだ。

だが、人間の欲望というのは底知れない。もっともっととどこまでも求めつづけてしまう。

（私がこんなにも浅ましい女だったなんて……でも、止まれない……もう止まることなんて無理よ）

自分の愚かさが淫らさに直結する。ある意味では自暴自棄になっていた。

でも、それでいい。自分にとって最も重要なことは、博道との関係だ。

それが彼を誑《たぶら》かすことになろうと、娘から彼氏を奪うことになろうと、もはやどうでもいい。

「ああ、すごいです……美彩子さんのおま×こ、気持ちよすぎますっ」

博道が腰を摑みながら、休むことなく肉棒を押し込んでくる。

子宮口と亀頭とが強烈に擦れ合い、甘美な刺激を全身へと広げてくる。

唇はだらしなく開いてしまい、舌を垂らして淫らな叫びを響かせるしかなかった。

「はぁ、あっ……もっとグリグリしてて っ、もっと……おち×ちんで突いてぇ！」

卑猥に懇願しつつ、自ら尻を揺らしてしまう。

恥知らずな仕草は、興奮を昂らせる糧となっていた。

「あぁ……美彩子さんっ」

パチンッ、と濡れた肉が打擲《ちょうちゃく》し、膣奥に剛直が突き刺さる。

「ひぃいい！　あ、ああ、ああぐぅ！」

脳内が真っ白に覆われて、白い裸体はガタガタと戦慄いた。

（またイッちゃった……ああ、ダメ……このままじゃまたイッちゃう……何度もイカされちゃう……っ）

もはや何度絶頂したかすらわからない。美彩子の肉体はあっけないほど簡単に果てる状態になっていた。

「またイッたんですね。本当に……なんていやらしい人なんですか！」

博道が叫ぶとともに再び肉棒をねじ込んでくる。

全身の肌が泡立って、視界の中に星が舞った。

「ひぁ、あああ！　ダメっ、壊れちゃうっ、本当に壊れちゃうぅ！」

「こんな簡単にイク時点でとっくに壊れているでしょう？　絶対にやめません……美彩子さんのこと、どこまでも壊しますからね！」

獰猛な牡と化した博道は、言葉どおりにいっさいの躊躇なく男根を叩きつけてくる。愛液と精液が肉傘に掻き出され、濃厚な粘液となって滴り落ちていた。

浴室内は熱気や湿気とともに、男と女の発情臭に満ちてしまい、それが美彩子を快楽の深淵へと引きずり込む。

「ああ！　壊してっ！　博道さんの好きなように……淫乱な女に壊してぇ！」

恥や理性はもはやない。あるのは牝の本能を剥き出しにした、卑猥で淫乱な本当の自分の姿だった。

(どうなったっていいの。博道さんが求めてくれて、好き放題使われて、博道さんを感じられて……それが私の本当の願いなんだものっ)

暴風のような愉悦の中で、何度も喜悦が爆発する。

そのたびに美彩子は喘ぎ叫んで、白い身体を硬直させた。

押し拡げられた淫膜からは白濁化した愛液を溢れさせ、締まりのなくなった唇からは唾液を垂らす。

下品という言葉すら生ぬるい凄惨な姿は、自分が求めていた本当の姿だった。

(それを博道さんが引き出してくれた。受け入れて、求めてくれた。こんなに幸せなことってない)

博道への愛は既に常軌を逸している。彼のためならどこまで堕ちてもかまわないと思う。

「また中に出してくださいねっ。ずっと欲しかったんです。博道さんに出されたかった……だからもう、遠慮なんかしなくていいんですっ！」

膣内射精を請うた瞬間に、肉棒が一回り大きくなった。

背後で博道が息を呑んだのがわかる。

美彩子は振り向いて、片目だけで彼を見た。

(ああ、なんて素敵な顔をしているの)

あっけにとられた表情は、すぐに獰猛な獣のものへと変化する。

滴る汗もそのままに、博道がグッと歯を食いしばる。

「美彩子さんっ！」

博道が強烈な一突きを与えてきた。

あまりの衝撃に意識も視界も真っ白に変化する。

だが、彼の動きはもう止まらない。同じ勢いで腰を前後し、容赦のない挿入を与えてきた。

「望みどおり中出ししますっ。もう遠慮も何もしませんっ。これからはもう、美彩子さんに当たり前のように中出ししますからね！」

腰を摑んでいた手で暴れ弾む乳房を摑まれる。

荒々しく揉み回されて、肥大していた乳首を摘ままれた。

「ひあ、ああっ！　そ、そうです……好きにしてっ。おっぱいもおま×こも……私はもう博道さんのものですっ！　だから……うぐっ、ぐあぁっ！」

それから先は言葉にできなかった。経験したことのない凄まじい喜悦が、休むことなく身体を貫く。

（私の希望に応えてくれた。結那には絶対しないことを、私にはしてくれるっ）

娘に勝った。そう思った。

ならば、今すぐにでも、勝利の証《あかし》を大量に与えてほしい。

「ああっ、まだ出ます……出しますよっ、一番奥で出しますからねっ」

「出して！　出してください！　全部出して！　私を博道さんでいっぱいにしてぇ！」

博道が両方の乳首を強く摘まむ。剛直が膣奥を力任せに叩きつぶした。

「うぐっ、ううぅ！」

肉柱が跳ね上がった刹那、灼熱の子種液が膣壁に叩きつけられる。

「きひっ！　い、いぃいいっ……はぁ、あぁぁっ……うぅううっ！」

まともな言葉も発せずに、浴室の壁に爪を立てた。ガリガリと耳障《ざわ》りな音に合わせて、豊満な下半身が大きく何度も跳ね上がる。

精液は期待したとおりに大量だった。博道はそれを子宮に押し込むかのようにして、何度も勃起をねじ込んでくる。

（気持ちいい……幸せ……こんなのがずっと続いたら……）

お互いの立場を忘れて、快楽を貪りつづけたい。

それがどんなに罪深く、人の道に外れていたとしても、もはや美彩子に良識などは残っていない。

「博道さん……好きです……どうしようもなく好きで……大好きなんです……」

おぼろげな意識のなか、かすれた声で本心を言う。無意識に出た言葉だった。

「僕もです……僕も美彩子さんがたまらなく好きで……ずっと美彩子さんのことで頭がいっぱいで……大好きなんて言葉じゃ足りないくらいです」

汗に濡れた顔は真剣だ。澄んだ瞳には偽りなど欠片も見当たらない。

（その言葉が……欲しかった……）

雰囲気や行動で人の考えていることはわかる。

だが、言葉が欲しいのだ。答えが欲しいのだ。それが女というものだ。

お互いに肩で息をする疲労感のなか、どちらからともなく唇を重ねる。

すぐに舌を絡ませ、唾液を混ぜた。

震える腕で裸体にしがみつくと、すぐに太い腕で抱きしめられる。

途方もない幸福感に、美彩子は心の底から酔いしれた。

第四章　二人だけの淫蕩温泉

1

博道は流れる車窓を見つめていた。

特急電車は田園風景の中を駆けていく。

雪の降らない乾燥した地域特有の冬の景色が広がっていた。針葉樹以外は幹と枝のみであり、田んぼもただの土の状態だ。

しかし、奥に連なる山々は真っ白に覆われていて、行き先の雪景色を想像すると胸が躍る。

「博道さん、どうぞ」

傍らから柔らかい声が聞こえてきた。

美彩子が温かい笑みで小さな箱を手渡してくる。

何の変哲もないタッパーは半透明で、中に入っているものが見えた。博道の表情は自然と笑顔になる。

「これ、おいなりさんじゃないですか。えっと……もしかして……」

「はい。私が作ってきたんですよ。博道さん、おいなりさんが好きだって言ってたから。せっかくならいっしょに電車で食べようかな、って」

美彩子の心遣いが胸に染みる。

ただでさえ美彩子といるだけで幸せなのに、ますます気持ちは昂った。

「あと一時間半くらいですかね、温泉地」

博道がタッパーを開けて、いなり寿司を手に取ると、美彩子が窓の外を見ながら言った。

彼女も真っ白な山のほうに目を向けている。

「そうですね。雪で転ばないように気をつけないと……」

「でも、転んで雪まみれになるのも、それはそれで悪くないと思いますよ」

そう言って美彩子はふふっと笑った。

（美彩子さん、なんだかいつもと違うな）

今日の美彩子はどこかはしゃいでいるように見えた。ふだんなら言わないようなことをたまに言ってくる。

だが、それが博道には嬉しい。

(美彩子さんもそれだけ楽しんでくれているってことだもんな。やっぱり少し無理して温泉旅行に誘って正解だったよ)

十日ほど前、両親がともに出張で土日は博道一人になることがわかった。

そのときに、ふと思いついたのが美彩子との旅行だった。

(美彩子さん、雪見風呂がしたいって言ってたもんな)

以前、ベッドでのピロートークでそんなことを言っていたのを覚えていた。美彩子にはいろいろとしてもらってばかりである。たまには自分からも何かをしたかった。

美彩子に提案すると、最初は「そんなの悪いです」と断ってきたが、自分が美彩子と行きたいのだ、と告げると了解してくれた。

(結那ちゃんをだますかたちになっているけど……これは仕方のない嘘なんだ。そう思うしかないんだ)

座席の上の荷物棚には既にお土産袋がある。出発前に都内のアンテナショップで購入した代物だ。自分たちが向かう方向とは真逆の地のものであり、結那には家族でそこに行くと伝えてある。

（美彩子さんが結那ちゃんに伝えている温泉地が、本当に行く場所だ。絶対に僕が同行していることはバレないようにしないとな）

美彩子は結那に、手芸関係の友人たちと温泉旅行に行く、と伝えたらしい。

結那はそれに少しの疑問も持たなかった。自分にも学校で「お母さんのお土産が楽しみ」などと言っていたくらいである。

（まったく胸が痛まないわけではないけれど……でも、僕はもっと美彩子さんを独占したい。美彩子さんとだけの思い出をもっと作りたいんだ）

最低の行動をしているのことは充分にわかっている。

だからこそ、絶対にバレてはいけない。二人だけの秘密の思い出として、心ゆくまで楽しもう。博道はそう決めていた。

「私、旅行なんて本当に久しぶりで……年甲斐もなくはしゃいでるのが自分でもわかるんです」

美彩子はそう言うと、鞄からリンゴのロゴが印象的なタブレットを取り出した。

「それ、仕事で使っているやつですよね。わざわざ持ってきたんですか？」

「だって、二人で見るなら画面が大きいほうがいいでしょう？　えっとねぇ……」

彼女は画面を点けると、電子書籍のアプリを起《た》ち上げる。

表示されたのは有名な旅行誌だった。

「私ね、これとこれのお店が気になるんです。あと、もう一つあって……」

美彩子は見るからにウキウキとした様子で、行きたい場所を提示してくる。

こんな美彩子を見るのは初めてだった。自分だけが知る彼女の一面に、胸が熱くなる感動を覚える。

（こんな表情の美彩子さんを見れるだなんて……やっぱり旅行をして大正解だな！）

博道は一人頷くと、いなり寿司を頬張りながら、美彩子の旅行計画に耳を傾けた。

2

目的地である終着駅は、予想どおりに白銀の世界だった。

駅前は広々としていて、自分たちのように観光客が点在している。

広場の隅には足湯があって、何人かの人々が湯に足を浸しながら談笑していた。

「着きましたねぇ。うわぁ、寒いっ」

「同じ関東でも二時間くらいでこんなに違うんですね」

博道たちが住んでいる地域は、基本的には雪と無縁の場所である。年に一回軽く積もるか積もらないか、だ。気温だってここまでの寒さではない。

(寒い冷たいっていうよりは……痛いな……)

関東の山間部でこの寒さなのだから、東北や北海道はどれだけ寒いのだろう。考えるだけで身体の中まで凍ってしまいそうだ。

「ねぇ、博道さん。さっそくなんですけど、私が行きたい店はあそこですよ」

美彩子が指をさした先はバームクーヘン屋だった。カラメルが混じっていて、大変な人気店らしい。旅行誌にはこの温泉地の新しい名物と記載があった。

「とりあえず買いにいきましょう? お土産用と、私たちがお宿で食べるように」

「え、ええ……そうですね……」

(バームクーヘンは気になるけれど、それよりも……)

博道は美彩子の姿から目が離せなかった。

彼女は白いコートを羽織っていた。あの日、ショッピングモールで買ったものだ。

(店で見たときも思ったけれど、やっぱり美彩子さんにすごく似合っているよな……)

店内で見るのと屋外で見るのとでは、受ける印象には変化があるが、美彩子の場合は確実にいいほうだった。それもずば抜けてのものである。

（本当に上品で落ち着いていて……美彩子さんのために作られたみたいだ）

博道がじっと見つめるので、さすがに美彩子も気づいたらしい。

彼女は少し恥ずかしそうにすると、窺うようにこちらを見てくる。

「や、やっぱり……似合っていなかった……ですか？」

「逆ですよ。そんなわけないです。ものすごく似合っています。似合いすぎていますす」

自分の感想を素直に伝えた。少しオーバーな伝え方だったかもしれないが、そのくらい言わなければ、わかってもらえない気がした。

「……恥ずかしいです。けれど……ありがとうございます」

白い頬をほんのりと赤らめる。少女のような可憐さがたまらない。

「ほ、ほら……ぼおっとしていると人がいっぱい行っちゃいますよ。早く行きましょ」

美彩子が限界とばかりに声をあげた。

細い指が博道の手を摑む。すぐに指を絡めてぎゅっと繋《つな》いだ。

（美彩子さん、ずいぶんと積極的だな……嬉しいな……）

寒さを跳ね返すほどの温かさを感じつつ、博道は美彩子のあとに続いた。

3

一通り温泉街を散策し、宿に着いたのは夕方だった。

著名な温泉地ゆえに高級な旅館が点在しているが、博道の経済力でそんな旅館を使えるはずもない。かと言って、団体客向けの大規模旅館を選ぶのも気がひけた。

結局、博道が選んだのは温泉街から少し外れた小規模の宿だった。この温泉地を象徴する渓流は遠くなってしまうが、博道なりに悩みに悩んだ末に決めた宿である。

結果は大成功だったようだ。

「はぁ、すごくいいですね、このお宿。こじんまりとしてて、落ち着いてて上品で……」

案内された部屋の座布団に座りつつ、美彩子が恍惚とした様子で呟《つぶや》いた。

「こんなにいいところを選んでくれて……ありがとうございます」

「いえ……でも、よかった。美彩子さんが喜んでくれて」

素直に感想と感謝を伝えてくれることが単純に嬉しかった。こういう性格の彼女だからこそ、自分も全力で応えたくなる。

するると美彩子は立ち上がり、窓の外を……正確にはガラス扉の外を見つめる。

「それに……お部屋に専用の露天風呂まであるだなんて。私、こういうところ初めてですよ」

博道が宿を探すうえで絶対条件にしていたのが、露天風呂付き客室だった。自分には不釣り合いな贅沢だとはわかっているが、どうしても美彩子といっしょに温泉に入りたかったのだ。

「まぁ……本当に小さいものですけれど。すみません、これが僕の限界で……」

「何言ってるんですかっ。わざわざ探してくれたんです。お宿やお部屋はもちろんだけど、それを見つけれくれた博道さんがすごいんですよ」

美彩子は慌てたようにそう言うと、少しもじもじした様子を見せはじめる。

「美彩子さん、もう入りたいんじゃないですか？」

博道の言葉にピクリと反応する。図星だったようだ。

「まだ夕食までは時間もありますし、先に入るのもいいんじゃないですか。あ、でも大浴場もあるから、まずはそっちからでも……」

博道がそう言うと、美彩子がふるふると首を振る。

顔が一瞬で赤くなった。彼女は恥ずかしそうな素ぶりをしつつ、伺《うかが》うように唇を開く。

「その……博道さんといっしょに入りたい……です」

上目遣いの懇願に、博道の胸は撃ち抜かれる。

美彩子に言われるまでもない。自分だって彼女といっしょに入りたい。

「……じゃあ、いっしょに入りましょうか」

急に博道も恥ずかしくなり、視線を合わさず提案した。

視界の片隅で、彼女がうん、と一回だけ頷《うなず》いたのがわかった。

美彩子がゆっくりと衣服を脱いでいく。

今まで数えきれないくらいに見た光景だったが、いまだに慣れるということがない。博道は生唾を飲み込んで、その光景に見入ってしまった。

「そんなに見られるのは恥ずかしいです……」

美彩子は顔を真っ赤にして、顔を俯かせてしまう。見られることに羞恥を訴えるのも、いつものことだった。

「美彩子さんがあまりにもきれいだからです。このまま……最後まで見せてください」

「……うぅ」

美彩子は小さく震えつつ、諦めたようにため息をついた。

キャミソールとパンツを脱いで、下着姿を披露する。

（ああ、本当にきれいだ……）

肌の白さは雪に負けていない。身体のラインはなめらかで、まさに美しい陶器を思わせる。

それを彩《いろど》るのは黒い下着だ。刺繍《ししゅう》が施《ほどこ》されたそれは、全体的にレース調になっている。

「お世辞でもなんでもなく、本当に素敵です……」

「嬉しいけれど……ああ、恥ずかしい……」

羞恥に悶える姿が、博道の煩悩を刺激する。

裸体を晒すことを恥ずかしがるのに、いざ行為が始まれば理性も忘れて乱れ狂うのだ。そのギャップがたまらない。

「下着も……脱いでください」

黒い薄布は彼女をこれ以上ないほどに彩っている。

だが、生まれたままの姿こそが、美彩子の真に美しい姿であった。

「……はい」

自らを抱きしめていた腕を解き、美彩子は背中に手を回す。

深い谷間を形成していた巨大な乳房が、プツンという音とともに柔らかく揺れ動いた。

なで肩をストラップが滑り落ち、美彩子がブラジャーをゆっくりと剝がす。

いつもの美麗な双丘が露になった。

（いつ見ても美彩子さんのおっぱいはたまらない。大きくて整っていて……乳首がもう立っちゃってる）

左右で均衡のとれた釣鐘型は、見る者の意識を奪ってくる。柔らかそうな乳肉がぷるぷると揺れる様は、まるで誘っているかのようだった。膨らんだ乳頭は瑞々《みずみず》しくて、もぎたての木苺を連想させる。

「……博道さんも脱いでください」

羞恥に顔を染めながら、不服そうに美彩子が言った。自分だけ裸になるのが嫌なのだろう。

博道はすぐに衣類を脱いで、美彩子の目の前へと移動する。唯一残したパンツは、股間部分が破れそうなくらいに突き出ていた。

「ああ、もうこんなに……」

欲情に染まった瞳が股間に注がれる。

彼女は熱い吐息をゆっくりと漏らしながら、そっとテントに触れてきた。

「あぁ……気持ちいいです……」

パンツの上からだというのに、たまらぬ愉悦がこみ上げる。完全体となった肉棒は、歓喜を訴えるように大きく脈動した。

「もうパンツに染みができてますよ……ああ、とっても素敵……」

美彩子の手がパンツの中へと忍び込む。

細指が勃起に巻きつけられた。ひんやりとした感触とより明確な悦楽に、切っ先からは卑しい粘液が漏れ出てしまう。

美彩子は手のひらで先端を撫で回し、絡みついたカウパー腺液を肉槍全体に塗り広げた。クチュクチュと淫ら極まる粘着音があたりに響く。

「すごくドロドロです……熱くて太くて……」

美彩子の声色は、完全に発情した女のそれだった。

剝き出しの素肌から濃厚な女の香りが漂っている。その香りを嗅ぐだけで博道の興奮はさらに高まり、勃起の跳ね上がりも力強さを増してしまう。

（本当に気持ちいい……撫でられているだけなのに、気を抜くと射精してしまいそうだ）

漏れ出る先走り汁は大量で、すでに美彩子の両手は粘液まみれだ。

しかし、彼女は手淫をいっこうにやめようとしない。むしろ、もっと汚してくれとばかりに、熱烈な手つきで股間を弄《いじ》りつづけていた。

亀頭や肉幹はもちろんのこと、陰嚢までをも揉んでくる。それが両手で同時に行われるのだからたまらない。

「美彩子さん、あんまりされると出ちゃいます……うぅ」

「出したかったら出してもいいんですよ。博道さんは一回出したところで、すぐに回復してくれるじゃないですか」

遠回しに射精しろと言っている。

美彩子の手がパンツのゴムを摑んで、一気に引きずり下ろされる。

肉棒が勢いよく飛び出て、下腹部をペチンと叩いた。

「ほら、我慢しないでください。私でいっぱい気持ちよくなって。好きなだけ私の身体で射精していいんですからね」

ハァハァと荒々しく呼吸を繰り返して美彩子が言う。細指で作られた手筒が猛烈な速さで前後を繰り返す。

（ううっ、もう無理だっ。射精する……っ）

「美彩子さんっ、出ます……ああ、出るっ、うう！」

全身が硬直した刹那、肉棒で爆発のごとき衝撃が湧き起こる。

同時に温かく蕩けた感触に包まれた。いつの間にかしゃがんだ美彩子が勃起を口に含んでいる。

「んんっ！　んっ、んふっ……ふぅうんっ！」

美彩子は必死に唇を閉じる。整った双眸には涙が滲み、額に脂汗を浮かべていた。

（ああっ、ダメだ……めちゃくちゃ出てしまうっ）

美彩子からの手淫というだけでも、強烈に興奮していたのに、口淫まで施されてはひとたまりもない。

一度発射した精子を止めることはできなかった。浅ましい欲望は美彩子の喉奥めがけて、勢いよく飛び散りつづける。

長い射精がようやく終わり、博道の身体が弛緩した。

同時に耐えきれなくなった美彩子が剛直を吐き出してしまう。

「げほっ、ごほっ……うぅ……かはっ」

すべてを飲み込めなかったのか、激しく咳き込む唇からは白濁液が垂れ落ちた。顎を伝って滴る様に官能美を覚えてしまう。

「美彩子さん、大丈夫ですか？」

咳き込みつづける彼女の背中をさすってやる。

透き通るように白い背中がビクビクと震えて、じっとりと汗を滲ませていた。

濃厚な美彩子の芳香が漂って、博道の意識を包み込んだ。

(こんな状態だけれども……本当にいい香りだ)

博道にとって美彩子のフレグランスは、癒やしであると同時に強烈な媚薬である。

射精したばかりだというのに、肉棒に力が漲《みなぎ》ってしまい、やがては完全な屹立へと戻ってしまった。

「はぁっ、はぁ……またこんなに、大きくなってる……」

いまだ息の整わぬ美彩子だったが、目の前の反り返りに恍惚とした表情でため息をつく。

そして、屈《かが》む博道の膝に手を置くと、再び肉棒にしゃぶりついた。

「うぐっ……美紗子さん、立てつづけにそんな……まだ落ち着いてないじゃないですか」

「んぐっ……そんなの関係ないんです。欲しいんです……博道さんのおち×ちんがもっと欲しい。さっきも言ったじゃないですか。私でいっぱい気持ちよくなってほしいって。私の身体で好きなだけ射精していいって……だから……ん、んふぅ」

再び喉奥深くまでペニスを呑み込んでしまう。

完全に発情した牝となった美彩子に、博道は為《な》す術《すべ》がなかった。

4

フェラチオの心地よさに浸りたかったが、下手《へた》をすると風呂に入らずに夕食の時間になってしまう。

博道は溶けかかった理性を総動員して、なんとか美彩子の口淫をやめさせた。

そして、ようやくの客室専用の露天風呂だ。

湯に入る前に軽く身体を洗おうとなったのだが、発情の火が点いた美彩子が普通に身体を清めるわけがない。

「美彩子さん……これは……ああっ」

「うふふ……気持ちいいですか？　とってもビクビクしてますよ」

眼下では美彩子が色欲に目を染めながら、どこか切なくて熱い吐息を漏らしていた。

巨大な乳房が泡にまみれて、双丘の間からときおり亀頭が顔を出す。石鹸とカウパー腺液が混じり合い、クチュクチュと卑猥な音を響かせていた。

いわゆるパイズリだ。

（柔らかくてヌルヌルしていて……気持ちいいし幸せだ）

美彩子は献身的に乳肉からの愉悦を与えてくれる。

左右同時に扱いてきたかと思えば、それぞれを交互に上下させて擦ってくる。さらには乳首で亀頭や鈴口、裏筋を撫でたりもしてきた。

「博道さんのがカチカチに硬いのがよくわかりますよ……はぁ、ぁ……たまらないです」

美彩子の表情はますます蕩けたものに変化した。

閉じることを忘れた唇からは、発情の吐息を断続的に漏らし、宝石のような瞳は甘く溶けている。

肉棒への刺激はもちろんのこと、視覚からも博道を追い込んでいた。

（美彩子さん、こんなに僕を気持ちよくしてくれるけど……自分はいいのか？）

今日の淫行はすべて、美彩子からの一方的なものである。

色欲に開眼した彼女が、男への奉仕だけで満足できるはずがない。

「美彩子さん、ありがとうございます」

博道が乳房の間から勃起を引き抜くと、とたんに彼女はしゅんとした。

「もしかして……あんまり気持ちよくなかったですか？」

「逆ですよ。めちゃくちゃ気持ちよかったです。でも、僕だけ気持ちよくなるのは不公平でしょ」

博道はそう言うと、ぼんやりしている美彩子の隙をついて、膝立ちしている脚のつけ根に手を差し込んだ。

「んひぃ！　いやっ……あ、ああっ、ダメですっ。博道さん……はぁ、ぁっ」

突然の快楽に混乱したのか、美彩子が真っ赤な顔で取り乱す。

だが、肝心の秘園は博道の行動にあからさまに歓喜していた。

（うわっ、グチャグチャだ。周りまで愛液にまみれてる……っ）

石鹸とは明らかに違う質感だった。とろみの強い熱液が、姫割れはもちろん恥毛や内ももまでをも覆っている。

「美彩子さんだって、ココ、すごくヒクヒクさせているじゃないですか」

シロップにコーティングされた秘唇の入り口にそっと指を重ねる。

瞬間、美彩子の裸体がビクンと跳ねた。膣口がキュッと収縮する。

「ひぃ、ぃん！　イヤっ、言わないでください……あ、ああっ」

博道は美彩子の反応を無視するかたちで、割れ目に沿って指を滑らせる。

クチャクチャと淫らな音が響き渡り、彼女の甘い声がそれに重なった。

(本当にすごい量だ。もう手のひらまでベトベトになってる……)

よほど興奮しているのか、愛液の湧出はいつも以上の激しさだった。

いつの間にか美彩子の腰が揺れている。自ら秘唇を指に押しつけて、緩慢な動きで前後に往復しはじめていた。

(もっと感じたいってことだよな)

愛しい女が求めるならば、それには応えなければならない。

博道は指を少しだけ動かして、ぐっと陰核へと押しつける。

美彩子が目を見開いた。

「あ、あああっ！　そこは……はぁ、あっ……うぐぅん！」

博道の腕にしがみつく手がブルブルと震えはじめる。ついには爪を立ててきて、彼女の裸体に力が入った。

「ダ……メっ。イキます……イッちゃう……・・・うぅぅうう！」

剝き出しにした白い歯を思いきり嚙みしめて、美彩子が全身を大きく跳ねた。

自分の手で達してくれたことに、博道の胸中で歓喜と安堵が広がった。

だが、たった一回絶頂させたくらいでは、牡として満足できるはずもない。

「美彩子さん、まだですよ」

博道は低い声で伝えると、再び陰核を刺激する。

絶頂の余韻に揺蕩う美彩子が、甲高い悲鳴を響かせた。

「ひあ、あぁぁ！　イッたんですっ、イッたばっかりなんです………はぁ、ぁ！」

美彩子は顔をぐしゃぐしゃにして、激しく頭を振り乱す。

しかし、熟れた肉体は正直だ。彼女の腰は言葉とは裏腹に、再び前後に揺れてきた。

先ほどよりも揺れ方が激しい。溢れ出る牝蜜はとても熱く、彼女の本能がどれだけ沸騰しているかを物語る。

（すごく必死になってくれている。ああ、こんなに一生懸命感じようとするなんて）

博道は一種の感動を覚えつつ、泡の残った乳房にも手を伸ばす。

股間と蜜乳とを同時に揉んで、美彩子を快楽の際まで追い込んだ。

「ぐぅ、ぅっ……イクっ、イクぅ……あああっ！　またイクぅ！」

暗くなった空に向けて、美彩子が甲高《かんだか》い絶叫を響かせた。

硬直した身体がガクンガクンと大きく戦慄《わなな》く。

ドロドロの淫膜から、少量だったが何かが勢いよく噴出した。

（ちょっとやりすぎちゃったかな……）

全身を汗に濡らした彼女が、力尽きて倒れかかってくる。

素肌は驚くほどに火照っていて、湯気が出そうなくらいだった。

「はぁ、ぁ……あぁ、ぁ……くぅ、ぅ……んっ」

陰核での連続絶頂は、そうとうに衝撃が大きかったらしい。彼女は博道の胸に頭を重ねて、焦点の定まらない瞳をしている。唇の端からは涎が垂れてしまっているが、それに気づく余裕すらない。

しかし、両手だけはしっかりと博道にしがみついていた。絶対に離れないとばかりに、力を込めて腕を握ってくる。

博道はそんな美彩子を愛しいという気持ちだけで、強く抱きしめた。

5

露天風呂は二人で入るのがやっとという狭いものだった。

しかし、石造りで趣があり、何より源泉かけ流しだ。満足度はそうとうに高い。

そんな贅沢な風呂の中で、博道と美彩子は完全に繋がっていた。

「んあ……あぁっ……奥まで……ぁあっ、来てますぅ」

ずっぷりと肉棒は彼女の膣奥深くまで突き刺さっている。温泉内での挿入は、背徳感と非日常感とで狂おしいほどの興奮を生み出した。

「ああ、美彩子さん……中がとっても熱いです」

「私もぉ……熱くて硬くて……たまらないです」

博道があぐらをかいて、美彩子はそれに相対するかたちで跨《また》がっている。いわゆる対面座位の姿勢だった。

入れているだけではもどかしいのか、美彩子の腰はゆっくりと動いている。ちゃぽんちゃぽんと湯の弾ける音が妙に官能的だった。

（おま×この中が相変わらずふわふわで……たまらない）

先日のホテル以降、博道はもうゴムをつけなくなっていた。もっとも自分の希望ではなく、美彩子の願いを受け入れてのものだ。

「すごいですぅ……博道さんを直に感じられて……ああっ、とっても幸せです」

美彩子はそう言って、蕩けた瞳で見下ろしてくる。

彼女は博道の首の後ろに手を巻きつけていた。自然と目の前にはたわわな乳房が突き出されている。

（とっても柔らかそうにふよふよと揺れて……ああ、目が離せないよっ）

ただでさえ柔らかい乳房は、温泉の熱と彼女の発情とで見るからにふわふわだ。はち切れそうなほどに肥大した二つの乳頭も狂おしいほどに魅力的だ。

「はぁ、ぁ……いいんですよ、おっぱい好きにして。このおっぱいは博道さんのものなんですから……揉むなり吸うなり、好きに使ってください」

博道の視線に気づき、美彩子がクッと胸を突き出してくる。

ぷるんと重そうに揺れる様が、博道を誘惑する。

「ああ、美彩子さんのおっぱい……っ」

夢遊《うず》病者のようにふらふらと引き寄せられて、博道はそこたっぷりとした乳肉に顔を埋めた。

ピクンと美彩子の身体が微かに震える。

(本当に柔らかい……とってもいい匂いがする)

温泉や石鹸の香りの奥に、美彩子の香りが確かにあった。

博道は無意識に乳肌に舌を這わせてしまう。温泉特有の塩気を感じるが、それ以上に乳肉の柔らかさがたまらない。

(錯覚なのはわかっているけど、なんだか甘い気がする……ずっと舐めたり頬ずりしていたい)

手で巨乳を掬《すく》い上げ、乳肉を盛り上げさせる。乳丘をまんべんなく舐めしゃぶり、自らの顔を挟み込んだりした。乳首も舐めては吸って、舌と指先で弾きつづける。

「ああ、ぁ……私のおっぱいをそんなに使ってくれて……嬉しい……」

淫欲の中に母性を滲ませた美彩子が、そっと博道の後頭部に手を載せる。慈しむように撫でてきた。

実の母親にすら、こんなことはもうされない。美彩子の圧倒的な優しさに、博道は強く抱きしめると同時に膣奥へと勃起をねじ込んでしまう。

「うあ、あぁ! い、いきなりダメです……あ、あぁっ」

美彩子はそう言うが、彼女自身も蜜壺を押しつけてくる。

腰の動きも速まって、湯を弾く音が大きくなった。

(おま×こが締まって……ううっ、このまま出したい。中出ししたいっ)

できることなら、思いきりピストンを与えて果てたかった。

博道はいったん結合を解いて立ち上がると、美彩子を後ろ向きで立たせる。腰を摑んで尻だけを突き出させた。

「ああっ……こんな格好でだなんて……」

「今までに何度もしてるじゃないですか。ああ、おま×こがぱっくり開いてる……」

大きな桃尻から覗く姫割れは、すっかり解《ほぐ》れて閉じることを忘れている。鮮やかなピンク色の膣膜が、興奮を物語るように収縮を繰り返していた。

「イヤぁ……まじまじと見ないでください……」

「ダメです。美彩子さんのおま×こは僕のおま×こなんですから。じっくり見せてもらわなきゃ」

博道はそう言うと、陰唇の両脇に指を添え、ググッと左右に開いていく。

美彩子の裸体がビクンと跳ね、「ああっ」と羞恥の声が漏れてきた。

(何度見てもいやらしいおま×こだ……チ×コが欲しくてヒクヒクしてる……っ)

湯とは明らかに違う液体を纏《まと》わせて、休むことなく膣膜は蠢《うごめ》いていた。溢れ出た淫液がトロリと流れ、包皮を脱いだ陰核を伝って滴り落ちていく。

「美彩子さんっ」

これ以上は我慢できない。博道は再び腰を摑むと、剛直を一気に根元まで挿入する。

「ひあ、あああん！　あ、あぁっ……うぐ、っ……うぅっ」

牝の叫びを響かせて、美彩子の背中が大きくしなった。そのままの姿勢でぷるぷると痙攣する。

（イッちゃったのかな？　それなら……もっとイッてもらうだけだっ）

博道は躊躇《ちゆうちょ》することなく肉棒のピストンを開始する。

動きは最初から激しかった。常に膣奥を叩く要領でリズミカルに腰を前後に揺する。

「ひぃ、いいんっ……ああ、あっ……は、激しい……ああっ、激しいですぅ！」

美彩子は媚びた声を響かせながら、ぶんぶんと首を振り乱す。艶やかな黒髪が舞ってオレンジ色の屋外灯に照らされる。湯気の中で煌めく裸体は見事なプロポーションで、まるで夢を見ているかのように錯覚させる。

だが、夢などではない。現実だ。火照った美肌も甘い嬌声も、勃起に媚びてくる膣膜も、すべてが自分だけに向けられるリアルである。

「美彩子さんっ、このまま出しますからっ。また中にいっぱい出しますからねっ」

牡欲を昂《たかぶ》らせ、博道が強烈に肉棒を突き入れる。

そのときだった。

「あー、すっごくいいね。早く入ろうよっ」

「大学生にもなって何をはしゃいでいるのよ。先に身体を洗いなさい」

「あはは、元気のよさは相変わらずだよねぇ」

隣の客室、竹で作られた柵の向こうから、若い女性三人の声が聞こえてきた。

博道が資金的に厳しくて断念した、少し広めの部屋である。

(マジかよ。ちょうどスパートかけようとしていたっていうのに……)

博道も美彩子も、そのままの姿勢で静止する。

あれだけ荒々しかった吐息も抑え、自分たちの存在を極力消した。

「でもさー、こういう温泉旅館にカップルで来たら燃えるよねぇ」

「あなたって女は……破廉恥なこと言って」

「あれぇ、破廉恥ってすぐに思いつく時点で、そっちがよっぽど破廉恥なんじゃないの?」

「なっ……ちょっと!」

「でもでも、こういう温泉に男の人と来たらさぁ……もう露天風呂で始まっちゃうよねぇ」

女性たちはなかなかに際どい会話を交わしているが、まさか塀の向こうで会話どおりのことが行われているとは思わないだろう。

「……僕たちのことですよね」

「ああ……言わないで……」

耳元で囁くと、美彩子がギュッと目を閉じる。

同時に蜜膜がうねって締まった。

「うぅっ……くふ、ぅ……」

それだけで美彩子は甘い吐息を漏らしてしまう。

明らかに先ほど以上の敏感さだった。

（もしかして……隣に人がいることに興奮している……？）

博道の中で禁断の好奇心が肥大する。

今この場で腰を動かしたらどうなるだろうか。美彩子はどこまで耐えられるのか。

確認するより他にない。

「美彩子さん、我慢してくださいね」

博道は小声で言うと、ゆっくりと肉棒を引き抜いていく。

自分が何をされようとしているのか理解したらしい。美彩子は目を見開いて、拒否の意味を込めて必死に首を振る。

(ごめんなさい……僕は欲求には勝てないですっ)

亀頭だけを膣内に残した状態から、一気に腰を叩きつけた。

「ぐぅ、うっ！　んんっ……ふぅ、ぅっ……！」

美彩子は力一杯に口を真一文字にしているが、喜悦の声を完全には防げない。

博道はそんな彼女を見下ろしながら、躊躇することなく腰を振る。

「ん、何か音しない？」

「温泉の音でしょ。隣も掛け流しの露天風呂だろうし」

彼女たちの内の一人が異変に気づいたらしい。

博道は腰を止め、静かに呼吸を繰り返す。

(あまり派手には動けなさそうだな……仕方がない)

蜜壺に勃起をすべて入れた状態で、美彩子の膣奥だけをグリグリと圧迫していく。

「くは、っ……そ、それ……ぐぅ、うっ」

身体を支える美彩子の腕がガタガタと震えだす。

博道は彼女の身体が崩れないようにしっかりと摑みつつ、休むことなく膣奥のみを刺激しつづける。

牝膜の熱さが尋常ではない。溢れ出る愛液の量も半端ではなく、小刻みに震える内ももを伝って流れ落ちていた。

ときおり、美彩子の身体はビクンと大きく震えて、その後でカタカタと痙攣している。断続的だったそれは、徐々に間隔が短くなっていた。

（めちゃくちゃイキまくってる……す、すごい……っ）

美彩子の卑猥さに、博道はただただ驚くばかりだった。


止まらぬ快楽を受けつづけ、美彩子の混乱は極致に達していた。

（ダメぇ……イクの止まらないっ。声出ちゃう……絶対にバレちゃいけないのにっ）

絶頂すればするほどに体力は削がれて、堪えることが難しくなる。今の美彩子の状況では、一瞬でも気を抜くとはしたない絶叫を響かせてしまうであろう。

（なのに……身体は求めてしまうの。休みなんかなく、ずっと奥を突いてほしい……もっと気持ちいいところをグリグリしてほしいって思ってる……っ）

ついには自分から最奥部を押しつけ、尻を振っていた。

まさか自分がこれほどまでに浅ましい女だったとは思わない。

「美彩子さん、エロすぎ……くぅっ」

背後で囁く博道にも、もはや余裕は感じられない。

蜜膜をえぐってくる肉傘がパンパンに肥大しているのがよくわかった。剛直は脈動を繰り返し、力強く膣壁を叩いてくる。

（ああっ、ダメ……またイクっ。これ以上イッたら、私……っ）

この先、嬌声を耐える自信はなかった。隣の女子たちが二度と会わない相手であろうと、淫行に気づかれたくはない。

しかし、既に淫乱と化している肉体は、理性よりも快楽に正直だった。

「うっ……ああっ、イキます……ダメぇ、すごいの来る……あ、あああっ！」

絶頂を感じた瞬間、意識が途切れた。

湯の流れる音を破って、あからさまな牝鳴きを響かせてしまう。

「えっ……？」

女子たちの談笑がピタリとやんだ。

（ああ……気づかれてしまった……なんてことなの……っ）

喜悦を叫んだ以上、取り繕うことなどもう不可能だ。

美彩子は絶頂の余韻に身体を揺らしながら、絶望的な気分になった。

「美彩子さん、こっちを向いてっ」

博道はそう言うと、美彩子の身体を反転させる。

岩を背にして脚を開かされ、そのまま強烈に肉杭を打ち込まれた。

「くあ、ああっ！　お、お願いしますっ……もうダメですっ、バレちゃってますっ、だからこれ以上は……あ、あぁぅ！」

美彩子の必死の懇願は少年には届かない。

むしろ、それをきっかけにして、挿入の威力はさらに上がった。

（ダメダメっ！　見ず知らずの人に気づかれて、さらに続けようとするなんてっ）

美彩子の羞恥が警告を発している。

だが、一方では牝としての狂った本能が、さらなる倒錯的な喜悦を求めていた。

気づかれた以上はもう諦めるしかないではないか。むしろ、愛する少年にとことん貪《むさぼ》られる幸福な自分の歓喜を聞かせてしまえばいい。

（そうよ。娘の彼氏に浮気させて、温泉まで来てセックスしているんだもの。今さら、世間体なんて関係ないじゃないの……っ）

美彩子は汗でぬめる博道の身体にしがみつく。両脚をしっかりと腰に絡めて、自らの股間を上下に揺らした。

「ああ、ああっ！　もっと来てください……このまま……このまま出してっ。中に思いっきり射精してっ！」

牝欲の迸《ほとばし》りはもう止まらない。自分の本性をさらけ出し、純粋に快楽を求めることが、こんなにも気持ちいいことだとは思わなかった。

「くっ……美沙子さんっ！」

博道も覚悟を決めたらしい。

彼は美彩子の身体を今一度摑みなおすと、猛烈な勢いで剛直を突き刺してくる。

パンパンパンっと水気を含んだ打擲《ちょうちゃく》音があたりに響く。

（私の奥までおち×ちんが何度も何度も……ああ、根本まで全備入ってるぅ）

視線を少し落とせば、自らを掘削する勃起があった。結合部は掻き出された愛液でベトベトになり、濃厚な淫臭を放っている。

博道は滴る汗もそのままに、一心不乱に腰を動かす。

気遣いなどいっさいない、本能を剝き出しにした博道の行動に、自ずと子宮が熱く震えた。

（ああ、イク……イクなんてもんじゃない……とんでもないのが来ちゃう！）

破滅的な喜悦の予感に、全身が硬直していく。

博道はがむしゃらに腰を振り、上下左右に弾む乳房を摑んで荒々しく見回す。

「美彩子さんっ、僕ももう無理です……もう出ますっ」

「ああっ、出してくださいっ。中ですよっ、中の一番奥に全部……博道さんの精液、全部くださいぃ！」

牝としての願いを叫んだ刹那、子宮口の付近で爆発が湧き起こる。濃厚で熱い粘液がぶちまけられて、その感触だけで美彩子の喜悦は臨界点を突破した。

「あ、ああっ！　イクっ、イクぅ！　はぁ、ぁっ……ああっ、くぅう！」

背中が折れそうなくらいに弓なりになった。もはや声すら出せなくて、両目を見開いて痙攣するしかない。

（熱いのがいっぱい来てるっ。ああっ、出されてるだけでイッちゃう……まだイッちゃうぅ！）

膣奥で感じる精液の熱量が、さらなる喜悦を引き出してくる。

壊れた機械のように全身は激しく震え、肌の隅々までもが汗に濡れていた。

「うう、ぅ……気持ちよすぎます……はぁ、ぁ」

顔を真っ赤にした博道が、荒々しい呼吸を繰り返しながら、胸元へと顔を埋めてくる。

美彩子は彼を再び抱きしめて、慈愛をこめて抱き寄せた。

同時に股間も押しつける。せっかく膣内射精をしてくれたのだ。垂れ流すのはあまりにも惜しい。

「うあ、ぁ……まだビクビクしてるんですね……ふふっ、かわいい……」

濡れた髪をそっと撫で、二人でそのまま呼吸を整える。

「はぁ、ぁ……すごい……すごいよぉ……」

「ちょっと……あなた、何をモジモジしているの」

「そっちだって……内ももまでエッチに濡れてるじゃん……」

「羨ましいですね……私も……したくなっちゃいます……」

隣の三人組が口々に言っている。引くどころか発情してしまったようだ。

「二人は……女の子同士でするのは……ありですか？」

「えっ？　な、何を言ってるのっ。わ、私は……」

「私は……実はありなんだけどなぁ……んあぁっ」

「あらぁ……すっごく濡れてますね……ほら、私のも触って？」

「ちょ、ちょっと……私を仲間はずれにしないでよ……わ、私も……する……」

（隣は隣ですごいことを始めちゃったみたいね。私のせいかしら……）

こちらがタブーな関係ならば、隣も同じくタブーな関係になろうとしている。妙な連帯感を抱いてしまう。

「博道さん……」

美彩子が小さく優しい声で囁くと、少年の濡れた視線が向いてきた。母性が湧き出て白い身体がゾクリとした。

「そろそろ出ましょうか。もうすぐご飯の時間ですし。そのあとでまた……ね？」

本能の箍は完全に外れている。

このあとの甘く濃厚な夜を期待して、美彩子の蜜壺は再び熱を滲ませていた。

6

時刻は夜の十一時を過ぎていた。

山間の温泉地は水を打ったように静かである。

しかし、博道たちの室内だけは別だった。

「あぁっ、イクっ……はあぁ！　またイクぅ！」

美彩子の甲高い嬌声が響いた刹那、突き上げられた尻が大きく震える。

膣壁が収縮して勃起を離すまいとしていた。

（美彩子さんすごい……今日、いったい何回イッてるんだ……）

彼女が果てた回数は五回を超えてから数えていない。軽く十回以上は達している。おそらく二十回は超えているかもしれない。

「はぁ、ぁっ……あぁぁ……うあ、ぁ……」

夕食前に風呂に入ったというのに、彼女の姿はボロボロだった。

浴衣は乱れに乱れて、もはや衣服としての意味を成していない。美しい黒髪が白い首筋や肩に貼りついていた。

（ダメだ……こんな美彩子さんを見れば見るほどに……興奮が収まらないよっ）

ぜぇぜぇと激しく呼吸をする美彩子だが、下半身は突き上げたままである。蜜壺の収斂《しゅうれん》は止まることなく、さらなる喜悦を懇願していた。

博道は奥深くまで挿入していた勃起を抜き取る。

ブチュンと下品な粘着音のあと、美彩子の裸体がビクンと跳ねた。

（ああ、いやらしい液が垂れてくる……周りもグチャグチャですごいや……）

二度ほど射精し抜かずに続けていた。結果、姫割れは哀れとも言うべき凄惨な姿を晒している。

陰唇はもはや閉じることを忘れたようだ。ぱっくりと満開状態の淫華からは、蜜と言うにはあまりに卑しい粘液が垂れ落ちる。

シーツにこぼれた体液はゆっくりと広がり染みとなる。発情した牝の淫臭が匂いたち、ただでさえ淫らな匂いのする室内を、さらに卑猥な空気へと変えていく。

「美彩子さん、休まないでください。今夜はとことんセックスしまくるんでしょ」

博道はふらふらとしながらも、彼女の目の前に勃起を突き出す。十代の体力と精力とが、このすさまじい淫宴を支えていた。

「あ、ぁあっ……んふっ……んんっ、んぐぅ」

一方の美彩子はもはや、正常な思考が消え失せているようだった。快楽に沈んで若牡の迸りを貪るだけの、下品ではしたない獣に成り下がっている。

(ああ……フェラが気持ちよすぎるよ。美彩子さんのフェラ、今日はめちゃくちゃ激しい……っ)

美彩子の口淫はふだん以上に苛烈で濃厚だった。勃起はもちろん陰嚢にも舌を伸ばして大胆に舐め回し、喉奥《いと》深くまで肉竿を飲み込んでくる。休むことなく顔を前後させ、よだれが溢れるのも厭わなかった。

「欲しいです……ああっ、博道さんのおち×ちん、また中に欲しいですっ」

さんざん挿入を繰り返したのに、彼女はまだ足りないらしい。突き上げた尻を淫靡に揺すり、待ちきれないとばかりに蕩けた瞳で見上げてくる。

(いくらなんでも乱れすぎだよ。でも……どこまで乱れるのか見てみたい)

美彩子は完全に淫悦で狂っていたが、それは博道も同じだった。勃起は何度射精しても萎えることを知らず、美彩子との喜悦を求めている。

「じゃあ、美彩子さんが上になってください」

博道はそう言うと、彼女の傍らに横臥《おうが》した。

汗と淫液とを吸収したシーツは湿っていて、もはや寝具としては使い物にならない。

「はい……ああ、入れますからね……うぅ、ううん!」

剛直は簡単に蜜壺へと戻っていく。

すぐに牝膜が吸着し、幾重もの襞が亀頭や肉幹に絡みつく。

(入れているだけで気持ちいい……ああ、ずっと挿入していたい)

愉悦に意識を浸していると、美彩子の裸体はビクビクと震えだす。

「あ、ああっ……入れただけなのに……うあっ、また……ああっ!」

上半身を突き出して硬直した。そのあとでガタガタと大きく戦慄く。

豊満な乳房が波を打ち、白い身体から汗の雫《しずく》が飛び散った。

（美彩子さんの身体、完全におかしくなってるな。今までこんな簡単にイカなかったはずなのに）

あまりの変貌ぶりに心配するが、同時にほの暗い満足感も覚えてしまう。自分がこの美熟女をここまで堕とし、自分とのセックスだけに狂わせたのだ。男として達成感を抱かずにはいられない。

絶頂の波が過ぎ、美彩子の身体が弛緩した。後ろ手で身体を支えて、荒々しく呼吸をする。

そんな中でときおり、壁の向こうから女たちの甘い声が響いてきた。

（隣も完全におかしくなっちゃったようだな……）

自分たちが露天風呂でセックスをしたことで、女子大生たちの淫欲に火が点いてしまったらしい。女三人の複数レズプレイを引き出したと考えれば、あながち悪いことではなかったのかもしれない。

（でも、それ以上に美彩子さんを完全に壊せたんだから、そっちのほうが大きな成果だよな）

博道は小さく笑うと、美彩子の細い腰に手を添える。

ググっと股間を押し上げた。瞬間、美彩子が甲高い悲鳴をあげる。

「ひあ、ああん！　あぐ、ぅ……すごい……当たりますぅ……！」

「わざと当たるようにしているからですよ。美彩子さん、ここに当たるの好きですもんね」

美彩子の蜜壺には弱いポイントがいくつかあった。今、押し上げているのは子宮口の裏側だ。

（このまま揺すれば、また盛大にイッてくれるはず……！）

博道は今一度狙いを定めると、確実に亀頭を押し込む。同時に摑んだ腰を前後に揺らし、あらゆる刺激で美彩子を追い詰める。

「ひぃっ、いいいい！　それっ……ああ、狂うっ、狂っちゃう！」

「もうすでに狂っちゃってるじゃないですか。もっと狂わせてあげますから。狂いに狂って、壊れきってくださいっ」

牡としての凶暴性を剝き出しにして、博道は美彩子を貪りつづける。

異常なまでに激しく濃厚な淫行は、日付が変わってしばらく経つまで続いた。

7

時刻は深夜の一時を過ぎていた。

結那は自室で机に向かっている。

部屋の照明は点けてはおらず、机に置いたスタンドだけが灯《とも》っていた。

(そんなわけないよ……私のバカな勘違いだよね……)

夜の七時頃に帰宅してから、ずっとこの状態だった。風呂はもちろん、夕食すら摂っていない。

博道と美彩子、それぞれから旅行の写真が送られてきた。楽しそうでいいな、と思っていたところで、ある一枚に強烈な違和感を抱いたのだ。

(お母さんが送っていた写真と、ヒロくんが送ってきた写真……バームクーヘンとお茶の位置がまったく同じ……)

美彩子は道中で買ったというバームクーヘンを食する写真を送ってきていた。そして、博道も道中で買ったというお土産を写真で送ってきたのだが、その写真の端のほうに、美彩子の写真とまったく同じ光景が映っている。

(まさか二人で旅行に行ってるんじゃ……でも、そんなこと……)

疑っては否定して、また疑っては否定して。この六時間ばかり、同じことを繰り返している。彼氏に母親、どちらも結那にとっては何物にも代えがたい大切な存在だ。

ゆえに疑うことなど、本来ならばあってはならない。

しかし、結那が女として備えている「女の勘」というものが、けたたましく警告を発している。今までの人生でこんな経験は初めてだった。

（二人からの連絡は……今もない）

夕食を食べるという連絡のあとから、どちらからもメッセージは来ていなかった。それぞれに送ってきたメッセージには二、三十分ほどのズレがある。だが、そのくらいの調整は造作もないことだろう。

（もし、二人が私に隠れて……男と女の関係だったとしたら……）

最悪の場合を考えると、どうしようもない悪寒《おかん》と激情がこみ上げる。

だが、博道と美彩子に限って、そんな人倫から外れたことはしないはずだ。そう信じたい。信じなければ……。

（私が勘違いしているんだよね。私がおかしいんだよね。そうだよね、ヒロくん、お母さん……）

物音ひとつしない静寂のなか、結那は結論の出ないざわめきに懊悩《おうのう》した。

第五章　欲情に狂った少女

1

博道は結那の様子によからぬものを感じていた。

美彩子との温泉旅行から帰ってきてからというもの、彼女の様子がどうにもおかしい。

お土産を渡したとき、喜んだ素振りは見せてはいたものの、なんとなく影のようなものを感じた。

そしてこの一週間、結那の表情や雰囲気は日に日に悪くなっている。

（もしかして……美彩子さんとの事に気づいているんじゃ……）

ありえない、とは言えなかった。

浮気や不倫がバレるのは、たいていは当人たちの不注意からであり、その不注意に当人たちは気づけない。

何かマズいことをしたのかもしれない、と思った。

（でも、まさか結那ちゃんに直接聞くわけにもいかないし……）

気になったので美彩子にも結那の様子を聞いていた。

すると、彼女も異変に気づいていたらしい。ただ、怖くてわざと触れてはいないということだった。

（母親である美彩子さんが言うなら間違いない。何かはわからないけれど、結那ちゃんは何かを隠している。それを誰にも言えないってことは……）

最悪の事態を想定して、全身から血の気が引いてしまう。暑くもないのに背中に嫌な汗までかいてしまった。

（悪いことだとはわかっている。絶対に許されない、最低なことだっていうことも……けれど、僕と美彩子さんはもう……）

「おまたせー。今日の飲み物はコーヒーだよ」

一人考え込んでいると、結那がお盆を持って部屋に入ってきた。

学校が終わってから、博道はいつものように静井家を訪ねていた。ちなみに、美彩子はいつものように外出中だ。おそらく、あと一時間ちょっとで帰ってくるだろう。

「ありがとう。いい香りだね」

「いちおう、ドリップしたからね。まぁ、入れるのはお母さんのほうが上手《うま》いんだけど」

不穏さを帯びていた室内の空気が、コーヒーの香りで華やかなものになる。

だが、いっしょに用意されたバームクーヘンを見て、胸の奥がズキリと痛んだ。

「このバームクーヘンね、お母さんが旅行先で買ってきたものなんだ」

「へぇ～。カラメルかな、茶色いのが混じってて美味しそうだね」

「そうなの。定期的に食べたいくらい美味しいんだけど、買うには温泉地のお店までいかないといけないみたいで」

「え？　確か通販してるはず……はっ！」

言った瞬間、血の気が引いた。とんでもないことを口走ってしまったのだと自覚する。

結那は表情を崩さずじっとこちらを見つめていた。瞬き一つすらしない。そこで気づく。カマをかけられたのだ。

「……やっぱりそうだったんだ」

コーヒーを一口だけ飲むと、結那は静かにカップを置いた。

博道は何も言葉を発せない。経験したことのない混乱に、頭がまったく整理できなかった。

「ヒロくん……お母さんと行ってたんだね、温泉に」

「……」

「私に送った写真さ、ちゃんと確認してから送らなきゃダメだよ。隅っこのほうに、お母さんが送ってきた写真と同じ配置のバームクーヘンとお茶が写ってたんだから」

（マジかよ……全然気づかなかった……）

特に激高するでもなく、結那は静かに淡々と話を続ける。

それがかえって怖かった。いつもの結那は感情表現が素直なのだ。つまり、静かであると言うことは、それだけ凄まじい激情を宿している証左である。

「あ、あの……結那ちゃん……」

「ん？　何？　言い訳するの？」

声色《こわいろ》はいつもと同じだし、軽く首を傾ける仕草もよく見るものだ。

唯一違う点と言えば、二つそれぞれに均衡の取れた瞳が、まったく輝きを放っていないこと。強烈な負の感情を内包し、それをそのままこちらにぶつけていた。

「その……ごめんなさい！」

もはや逃れることは不可能だ。すべての悪事、裏切りを白日の下に晒さなければならないが、今この場でできることは、精一杯に謝罪することだった。

博道は床に手をついて、深々と頭を下げる。意識したわけではないが、その姿勢は土下座だった。

「ん、とりあえず顔を上げてくれる？」

謝罪を受け入れるでもなく、軽い調子で結那が言う。

博道は恐怖と緊張とに顔を歪めつつ。ゆっくりと彼女に視線を向けた。

「別にね、謝ってもらいたいわけじゃないの。謝ってもらったところで……ヒロくんがお母さんといっしょになって、私をバカにした事実は変わらないじゃない？」

お互いの間に置かれたお盆を退けて、結那が間合いを詰めてくる。

結那の視線は一瞬たりとて博道から外れなかった。整った顔立ちゆえに、内に宿した感情からの圧迫は凄まじい。

まさに蛇に睨まれた蛙の状態で、博道は指一本動かせなかった。

「私ね、あの写真が送られてきたときからずっと、ずうっと考えてたの。これからいったいどうすればいいのかなって」

結那はそう言ってから、上体を前のめりにして言葉を続けた。

「いろいろ考えた。こんなところを飛び出て、全部捨てて、家出でもしちゃおうかとか。私は女子高生だから、適当なSNSで神待ち希望とでも言えば、どうにかなると思ったし。あとは……ヒロくんかお母さん、もしくは二人とも……刺し殺してやろうかとか」

彼女な言葉に目が点になる。結那がそんなことを考えていたことも衝撃だったが、殺すという言葉が強烈だった。この天真爛漫な美少女から出た言葉はとんでもないほどに恐怖だった。

「……でも、やっぱりそんなことはできないなって。私、ヒロくんもお母さんも大好きだもの。大好きな人を殺したり、傷を負わせるなんてできないよ」

結那の言葉に一抹の安堵を覚える。

では、彼女はいったい何をしようというのだろうか。まさか、なかったこととして、不貞を水に流すようには思えない。

「あの……結那ちゃ」

「何も言わなくていいよ。私の言うとおりに……私にされるがままにされて」

言葉を遮った声は、初めて聞く低い声だった。突然の豹変に、自ずと肩がビクリと跳ねる。

（いったい何を……何を結那ちゃんは考えているんだ……）

緊張と不安とで、心拍数は早まる一方だ。全身からは冷たい汗が滲み出て、耳の裏から雫が流れた。

「ヒロくん……っ」

名前を呼ばれた瞬間に、ドンと後ろに押し倒された。

見慣れた天井を背景にして、結那が顔を覗き込んでくる。

「ヒロくんがお母さんと浮気してたの、絶対に許さない。行動にはしないけど、刺してやりたい、殺してやりたいって今でも思ってる」

冷たい笑みで言い放たれて、骨の髄まで寒気が走る。

「でもね……私も悪かったのかなって思ってるんだ。私は……ヒロくんに嫌われたくない、ドン引きされたくないって思ってたから、今まで本当の私を見せてこなかったんだもの」

何を言っているのか理解ができなかった。今まで接していた結那は偽りで、本当の彼女ではないというのか。

「だからね……恥ずかしさとかそういうものは全部かなぐり捨てて、本当の私を見せてあげる……覚悟してね」

結那はそう言うと、仰向けの博道を跨《また》ぎながら、突然制服を脱ぎだした。

結那には珍しく手付きが荒い。リボンタイを解いてブラウスのボタンを外し、衣類を周囲に投げ散らしていく。

ついにはスカートまで投げ捨てて、彼女は下着と靴下だけの姿になった。

何度も見ている姿のはずだった。しかし、今日は今までとは明らかに異なっている。

「結那ちゃん……そ、その下着は……？」

博道は絶句した。いつもの結那ならば、水色やピンクといった淡い色のシンプルなデザインのものをつけている。

しかし、今日はまるで違った。総レースの真っ青な代物だ。大事な部分を隠す面積が極端に少ない。

「ふふっ、驚いた？　これはね、ほら……Tバックなんだよ」

得意げになって尻を向けてくる。美彩子譲りのボリュームのある白丘に細い布が食い込んでいた。

「これはね……ヒロくんと付き合いはじめたばかりのときに買ったものなの。あのときは付き合えたことに舞い上がってて、いずれこんなのも必要になるかなって思ったから勢いで買っちゃった。でも、あんまりにも恥ずかしくて……結局つけられなかったんだけどね」

そう言う結那の表情は、いつの間にか淫靡な色を湛《たた》えていた。

それにも博道は驚かされる。彼女がこんな表情をするなどとは、まったく想像すらしていなかった。

（これが本当の結那ちゃんってことなのか……？）

だんだんと博道も彼女の言いたいことがわかってきた。つまりは、今まで自分を抑制してきたということなのだろう。それを博道の浮気をきっかけにして解放するということか。

だが、それが今回の罰とどう関係があるのか、まったく理解が及ばない。

「これから本当の私を見せてあげる……はぁ、ぁ……ヒロくん、絶対に拒否したり抵抗したらダメだからね。もし、そんなことしたら……私、突発的な衝動を抑える自信がないから」

目元をねっとりとさせながら、甘ったるい吐息を交えて告げてきた。

恋人からの卑猥な宣言は、本来なら歓喜するべきことであろう。

しかし、博道には恐ろしいことが始まるように思えて、背筋が震えた。

2

憤怒《ふんど》と緊張とに結那の心は乱れていた。

許せないという激情と、自分から離れないでほしいという執着が、十七歳の少女の中で荒々しくせめぎ合う。

（お母さんが魅力的なのはわかるよ。娘の私から見ても、女として憧れるもの）

実の娘でもそう思うのだから、思春期まっただ中の少年にとっては、抗《あらが》いがたいものだろう。

だからといって、自分を除け者にしていいはずがない。

（お母さんの魅力が強すぎるから、ヒロくんは私から視線をずらしてしまった。なら、その視線を強制的に戻せばいいだけだよね）

結那は今まで自分を偽っていた。清純であろうとしたし、いわゆる「良い子」でいようとした。

セックスに関しても、いい塩梅《あんばい》を考えて、拒否はしないけど恥じらうということを前提にしていた。それがせっかくできた恋人を繋《つな》ぎ止めることだと信じていた。

だが、それは違ったのだ。とんでもない勘違いだったのである。

（お母さんとどんなセックスをしてきたのかわからないけど、私よりもすごい行為をいろいろとしていたはず。本当は、私がしたいと思っていたあらゆることを……っ）

博道はもちろん、美彩子ですら知らないであろう。結那はそうとうな好き者だった。

幼稚園のときにはセックスというものを知識として知り、それ以降ずっと憧れていた。オナニーという行為を知ったのは初潮前で、知った以降は今日まで毎日のようにしてしまっている。それ以外の性行為の数々も知識として習得しては、実現することを夢見てきた。

（全部するんだから……全部して、ヒロくんを骨抜きにしてやる。お母さんにできることは私にもできるんだって。お母さんよりも私のほうがずっといいんだってこと、心の底からわからせてやるっ）

自分は純真無垢な少女などではない。色事に脳内を支配されているはしたない痴女なのだ。

「どう？　私のこういう格好は？」

結那は蠱惑《こわく》的な笑みを作ると、博道の腰に着地して呆然とした顔を覗き込む。

「そ、その……すごくびっくりしたけど……その……」

「浮気したことは脇に置いといて。正直に今感じていることだけを言って」

後ろめたさから発言を躊躇することは許さない。結那はいつになく強気だった。

「……めちゃくちゃエッチで、とてもいいよ」

「ふふっ、そっかぁ……この下着、買って正解だったね」

いつもは行為の前には全裸になるが、今日はこのままでいいだろう。セックスのためだけに買ったのだ。汚れたところでかまわない。

「ヒロくん……今日はいっさい抵抗とかはしちゃダメだからね？」

博道の顎に指をかけ、唇の位置を固定する。

博道は無言で頷《うなず》いた。

「ふふっ……んっ」

いつものように静かに口づけする。微かに震えているのは、いまだに混乱しているせいか。

唇から伝わる温かさが結那の若い身体に染み渡る。この柔らかさと体温は自分だけのものなのだ。

（……こんなもんじゃないんだからね）

結那は胸中で独りごちると、舌先で彼の唇を割っていく。

そして、博道の顔を両手で挟んだ。

「んんっ……んぐっ！」

一気に舌を伸ばして口腔内を舐め回す。さらには博道の舌を見つけて、瞬時に絡ませ愛撫した。

博道が驚いて目を見開く気配があったが、あえて無視して続けていく。

（逃がさないから。私の唾液をたっぷり注いでやるっ）

自らの唾液を流し込み、彼の口腔内に塗り込んでいく。さらには博道の唾液と混ぜ合わせ、互いの舌で攪拌《かくはん》した。重なる唇から溢れた分は、すかさず朱舌を伸ばして絡め取っていく。

いつになく長いディープキスだった。キスというよりは、口腔粘膜を貪《むさぼ》っていると言っていい。

（あぁ……頭がぼぉっとしてきちゃう……まだ流されちゃダメ……っ）

異常な状況でのセックスに、結那の官能はいつも以上に敏感だった。

結那は少年の舌を舐めては絡ませ、唇で挟みながら、彼のワイシャツのボタンを外す。

スラックスから下着を抜き取り、首元まで一気にめくると、すかさず胸元に吸いついた。

「うあっ……結那ちゃん……ああっ」

すっかり蕩けた粘膜で引き締まった胸板を舐めていく。暑くもないのに塩気を感じるのは、緊張で滲み出た冷や汗だろうか。

(美味しい……もっと舐めてあげる)

結那は大胆に舌を露出させ、ゆっくりねっとりと舐めつづける。

途中で博道がこちらを見つめていることに気がついた。

いまだに怯えの残る瞳だが、確実に牡の滾《たぎ》りも揺れていた。結那はその双眸を見つめつつ、見せつけるようにして舌を滑らせる。

(乳首もこんなに尖らせちゃって……)

女のものよりも小ぶりで硬そうな乳頭にそっと舌を重ねた。

「うわっ……待って……ああっ」

思った以上の鋭い反応だった。博道の上体が小さく何度か震えている。

(そっかぁ、これが好きだったんだね)

今までここを刺激したことはない。新たな発見が結那の淫欲を昂《たかぶ》らせる。

結那は乳頭を舌の先と腹とでたっぷりと舐め回す。さらには唇で覆ってから、ちゅうっと音をたてて吸い上げた。

「うぐぅ……あ、あっ……」

「ヒロくん、気持ちいいんだね。ふふっ、女の子みたいに声出しちゃって」

博道の淫らな反応が楽しくて、結那は乳首への淫戯を止められなかった。

舐めたり吸ったりするだけでは飽き足らず、開いているほうを軽く摘む。そのまま引っ張ったり捻ったり、さらには押しつぶしたりと思いつつ限りの愛撫を施した。

「結那ちゃん……ああっ」

「こういうことをお母さんにされてたの？」

「そ、それは……」

「答えて」

有無を言わさず詰問すると、博道は力なくコクリ頷いた。

昂った色欲の中で、耐えがたい嫉妬が炎を上げる。

「ふぅん、そっかぁ……」

吸いついていた乳首から口を離し、少しずれたところの素肌に吸着した。

そのまま前歯で噛んでやる。

「うぐっ！」

痛みに博道は顔を歪めるが、結那は許してやるつもりはない。

そのまま前歯で挟んだ肉を思いきり吸引した。五秒、十秒、十五秒と数えてから、ようやく唇の中から開放する。

くっきりとうっ血した跡が描かれていた。

（一つ二つのキスマークじゃ意味がない。体中に何十個とつけてやるんだから）

博道の上半身から捲っていただけの衣服を剝ぎ取った。

結那は彼の身体のあちこちに、契《ちぎ》りの証《あかし》を刻んでいく。

吸いすぎて口の中が痛くなるが、そんなことはどうでもいい。結那は必死だった。

「……ふふふっ。思ったより上手くつけられた」

博道の上半身のあらゆるところに、うっ血痕が散らばった。首筋につけなかったのは、せめてもの情けである。

結那は多少の満足感を覚えつつ身を起こす。

ふと、博道の股間に目を向けた。あからさまなほどに膨張している。

「ふぅん。身体は正直なんだから……」

今までは博道からのお願いがなければ動かなかった。

だが、今は違う。恥じらいという枷《かせ》を外した結那は、もはや本能に忠実だ。

結那は淫靡な微笑みを浮かべながら、そびえ立つ卑しい盛り上がりに手を載せる。

「うあっ！」

触られるとは思っていなかったのだろう。博道は激しく反応し、一瞬だけ尻を宙に浮かせてしまう。

そんな反応を面白いと思ってしまった。

「ふふふっ。ずいぶんと敏感なおち×ちんだね。ずっと撫でられたらどうなっちゃう？」

結那は手を滑らせつづけ、テントはもちろん、その麓《ふもと》や周囲までをも弄《いじ》っていく。

博道の顔が愉悦に歪んだ。同時に手から伝わる脈動も激しさを増している。

「すごいよ、ずっとビクビクしてる。ああ……本当にエッチ……」

肉棒の力強い震えが、結那の本能を揺らしてくる。

胸の奥の心臓がトクントクンと脈拍を速くした。白い肌はしっとりとして、下腹部の疼きが加速する。Ｔバックのクロッチが秘園にぴったりと貼りついているのがわかった。

（こんな……制服のスラックスの上からだなんて我慢できない。早く、直接触って握

りたい……っ)

結那は異様な興奮感に包まれながら、いよいよ両手でベルトを外しにかかる。

少し手間取りはしたが、ベルトを外すことに成功し、ホックを外してファスナーを下ろした。

瞬間、パンツに包まれた勃起が飛び出てくる。

(はぁ、ぁ……濃い匂いがする。ものすごくいやらしい匂い……先っぽがもうこんなにも濡れちゃってる)

饐《す》えたような匂いが鼻を突くが、少しの不快さも感じない。

むしろ、その逆で牝の本能を刺激する芳醇な媚薬に感じられた。

パンツに描かれた染みはテントの頂点付近をぐっしょりと濡らしている。生地から染み出た粘液が、ぬらぬらと妖しく輝く様は発情するなというほうが無理である。

(ヒロくんの先走り汁がこんなに染みて……もったいないよ……)

頭よりも行動のほうが早かった。

結那はテントの頂点付近をぱくりと咥えると、そのまま舌でこそいでは吸引する。

「ううっ……結那ちゃん、どこでそんなこと……ああっ」

今までにない結那の卑猥さに、博道が驚きの声をあげている。

（どこでって元からだよ。今まで隠していただけ……本当の私はとってもエッチで下品で……どうしようもない淫乱なんだから）

自らを色狂いの淫乱だと自覚するだけで、鈍い愉悦が身体を走る。自己を解放するセックスは、思考だけでも軽い絶頂を生み出してきた。

（もうダメ……生が欲しい……生のおち×ちんしゃぶりたい。生のおち×ちんに頬ずりしたい……）

卑猥な欲求は留まることを知らず、肥大していく一方だった。

結那は邪魔なパンツの腰ゴムを摑むと、やや強引に引きずり下ろす。

ぶるん、と肉棒が弾け出た。見事なまでに膨らんだ逸物が頰を強かに叩いてくる。

（ああ、これ……これが欲しかったの……っ）

歓喜を隠せない結那は、力強く跳ねる勃起を手に取ると、慈《いつく》しむように頰に重ねる。

海綿体の硬さと熱、脈動とに目眩がした。自分が愛する肉棒は、この一本のみで充分だ。

「ま、待って……直で触られるとすぐに……ああっ！」

懇願なんかを聞いてやるつもりは微塵《みじん》もない。結那は淫女のごとくほくそ笑むと、濡れた亀頭からゆっくりと呑み込んでいってしまう。

「うぅ、っ……あ、熱い……めちゃくちゃ柔らかい……うぐぅ！」

博道が切羽詰まった声をあげた。

（蕩けさせてあげる……おち×ちんもヒロ君自身も。私のフェラが一番だって事、しっかりとわからせてあげる）

亀頭を唇で包んだ結那は、一気に根元までをも呑み込んだ。

「ふぅ、ぅ……んっ……んぐっ、うっ！」

強烈な圧迫感と牡の匂いがこみ上げる。軽い目眩を感じてしまった。

（ヒロくんの匂いと味……ああ、ずっと覚えておきたい）

意識の中でかろうじて残った冷静さを、卑猥な記憶のために利用する。博道の肉棒すべてをインプットした。

（おち×ちん……ああ、私のおち×ちんっ）

結那は胸中で感嘆を叫ぶと、ストロークを開始した。

先端から根元までをたっぷりと味わっていく。ぶら下がる陰嚢は手のひらで転がしては軽く揉み、ときおり舐めては口腔内で転がしていく。

「結那ちゃん、ダメだって……そんなにされたら、もう射精しちゃうからっ」

限界を訴える博道と目が合った。

よほど射精がしたいのだろう。目は血走って、先ほどよりも激しい呼吸を繰り返している。勃起の跳ね上がる間隔が短くなって、精子の味が強くなる。

(出しちゃえばいいのよ)

無意識にニヤリとした。きっと自分はそうとうに卑猥な笑みを浮かべていることだろう。

その証拠に、博道の顔があっけに取られたものになり、肉棒が大きく脈を打つ。

結那は口唇愛撫を決してやめない。むしろ、より激しく濃厚にストロークを繰り返し、唇はもちろん喉奥まで使ってやる。

(私だってこのくらいの……淫乱がやるフェラくらいできるんだからっ)

悶える博道の身体にしがみつき、肉棒が逃れるのを許さなかった。

グプッグプッと唾液が泡立つ下品な音と、二人の荒々しい鼻息が室内に木霊《こだま》する。

「結那ちゃん……ああ、出るっ……うあ、あ!」

ビクンと大きく腰が突き上がる。肉棒が瞬時に膨らみ、口腔内を圧迫した。

(全部飲んでやるんだからっ)

唇をキュッと閉じ、頬を窄めた。

瞬間、猛烈な勢いで白濁液が撒き散らされる。

「んっ！　んぐっ……んふ、ぅっ……んぐぅ！」

初めての口腔内射精は想像の凄まじさだった。灼熱の精液と濃厚な牡の匂いが一気に全身を焦がしてくる。

あまりの衝撃に肉棒を外してしまいそうになる。だが、それでは美彩子に負けてしまう。

（お母さんは吐き出していないはず。何度も何度も……ヒロくんの精子を飲んでるはずなんだから）

嫉妬からの対抗心が結那を突き動かしていた。

口内に溜まった大量の白濁液を、喉を鳴らして嚥下《えんげ》する。

喉を滑り落ちて食道を流れ、胃に滴っていくのがよくわかった。

（私の中にヒロくんが入ってきたのね……ああ、なんだか、とっても嬉しい……）

こんな喜びがあるとは知らなかった。これが正常さから逸脱したセックスの魅力なのだろうか。

「結那ちゃん、まさか飲んだの……？」

博道が信じられないといった顔でこちらを見ていた。

「うん……全部飲んじゃった。よく、不味《まず》いって聞くからどうなのかなって思ったけど……うふふ、私、これ好きかも……」

その言葉に嘘はない。味云々《うんぬん》ではなく、精神的な幸福感が強かった。白濁液の熱が全身に伝播して、意識をより淫蕩なものへと変化させてくる。

「ヒロくんのおち×ちん、まだカチカチなままだね……はぁ、ぁ……もうエッチなんだからぁ……」

射精の余韻に震える勃起は、まったく衰えを見せなかった。今までだったら徐々に萎《しお》れていくはずなのに、そんな予兆すら見受けられない。

鈴口から滲み出る精液の残りをチュッと吸う。それだけで博道の身体がビクンと震えた。

(どこまでもエッチに反応してくれるんだから……)

嗜虐心にも似た感情がこみ上げて、結那は再び亀頭を咥える。そのまま根元まで呑み込んだ。

「結那ちゃんっ……待って……今はまだ……ああっ」

射精直後の敏感さゆえか、博道が苦悶に呻いた。

もちろん、だからといってやめてやるわけがない。

「ヒロくん、ダメだよ。やめないよ。苦しくてつらいかもしれないけれど我慢して。浮気してた分際で、お願いが通じるなんて思ったら大間違いだよ」

これは罰なのだ。自分を騙して裏切って、自分の知らない快楽に溺れたことへの贖《しょく》罪《ざい》だ。願いなど聞いてやる筋合いはない。

ゆっくりとストロークを繰り返し、肉幹や裏筋、陰嚢を舐め回す。その間も勃起は震えつづけて、さらなる射精を期待しているようだった。

（そっかぁ……やっぱりヒロくんは痴女みたいな振る舞いをする女が好きだったんだね。だから、今も勃起しつづけているわけか……）

もっと早くやっていればよかった。羞恥心や理性などは捨て去って、快楽にのみ従順な牝として振る舞っていれば、こんなことにはならなかったのかもしれない。

（だから、今からでも挽回するの……いくらお母さんだからといって、私のほうが圧倒的に若いんだもの。私のほうが……ヒロくんにはふさわしいんだからっ）

長いフェラチオをようやく終えて、結那はティッシュで口を拭《ぬぐ》う。

肉棒は自らの唾液にまみれてドロドロだ。鈍く光を反射しながらビクビクと脈動を繰り返す。

（もういいよね。入れても……）

子宮の疼きは限界だった。陰唇が我慢できないとばかりに収斂《しゅうれん》を繰り返しているの自分でもわかる。きっと恐ろしいほどに濡れているであろう。

（ふふっ……今までにないくらい感じさせてあげる。精子が出なくなっても続けてやるんだから……）

怒りと興奮を内包した衝動が、結那を捉えて離さなかった。

3

（結那ちゃん、どうしてこんなことに……）

愉悦と言うには強烈だったフェラチオが終わり、博道はハァハァと激しく呼吸を繰り返していた。

今までの結那ではありえないことの連続だ。彼女がここまで積極的に、それこそ痴女のように振る舞うことなど、想像もしたことがない。

「ヒロくんのおち×ちんって、本当にどうしようもないんだね。一回出したのにまだパンパンにしてさ……お母さんとも何回も連続でヤリまくったんでしょ」

ストレートな質問に窮してしまう。答えはイエスであるが、そんなことを口に出せるわけがない。

が、結那は容赦しなかった。

「……ねぇ」

彼女はふらりと立ち上がると、靴下を履いたままの右足で勃起を踏んでくる。さらには体重をかけてきて、グリグリと圧迫した。

「うがっ……い、痛いっ」

「質問に答えてよ？　お母さんとこのおち×ちんでさんざんヤリまくったんでしょう？　私に隠れて二人でさ……違う？」

結那は博道の反応を無視して詰問しつづける。いつもの純真さや可愛らしさはかけらもない。

「そ、そうですっ。ごめんなさいっ。しました……結那ちゃんに隠れてヤリまくってましたっ」

情けなさで泣きたくなった。股間を踏みつけられて謝罪するなど、哀れにもほどがある。

だが、浮気というのはそれだけ罪深いことなのだろう。博道に抵抗など許されるわけがない。

「ふぅん……最低」

結那は冷たく吐き捨てるように言うと、ようやく肉棒から足を退《ど》けた。

こんなことをされたというのに、ペニスはまったく萎《な》える様子がない。博道自身が呆れてしまう。

「……でも、いいよ。お陰でヒロくんの好みというか望んでいることはわかったから」

結那はそう言うと、再び博道の腰を跨ぐ。

青いTバックのクロッチが目に飛び込み驚いた。

とんでもない濡れ具合だった。

「ほら、見て……。ヒロくんの変態おち×ちんのせいで、私のココ、こんなにグショグショになったんだよ」

股間を突き出すようにして、結那が熱くて長い吐息を漏らす。

クロッチの端に指をかけた。薄布がゆっくりとめくれていく。

「はぁ、ぁ……見てぇ……」

淫華は溢れるほど蜜にまみれていた。薄めの肉羽がぱっくりと開き、中の膣膜を露出させている。美しいピンク色をたたえた陰核は、完全に包皮を脱ぎ捨てていた。

「あ、ああ……」

その光景の卑猥はもちろんのこと、こんな行動をする結那への衝撃が凄まじい。まるで別人のようだった。

「すごいよね……私も自分で自分にびっくりしちゃう。まさかこんなに濡れちゃうなんて……あぁ……」

結那が一人でビクビクと震えた。自らの卑猥さに酔ってしまっているのだろうか。

「これ、どうしたい？　ねぇ、どうしたいのかな？」

すっかり発情した結那が蠱惑《こわく》的な笑みを浮かべて尋ねてくる。クイクイと腰を動かす様は、あまりにもはしたない誘惑だった。

博道には素直に言うしか選択肢はない。

「い、入れたい……」

「ん？　なぁに？　聞こえないよ？」

「入れたい……結那ちゃんの中に……セックスしたい」

博道がそう言うと、結那はクスクスと小さく笑う。

淫靡な悪女のような振る舞いは、ふだんの彼女からは想像もできない。これが結那の言う「隠していた自分」なのだろうか。

「いいよ、入れても。私だって入れたいんだから。セックスしようねぇ……」

卑猥な笑みを崩さずに、結那が肉棒の根本を摑む。

そこですぐに気がついた。まだゴムをしてないではないか。

「結那ちゃん、ゴムは？　まだつけてないよっ」

「いらないよ、そんなもん」

一笑に付した結那がいよいよ陰唇と亀頭をくっつけようとする。

「私はね……ずっと思ってた。ゴムなんかつけずに生でセックスしたいって。けれど、赤ちゃんできたら大変だし、それでヒロくんに迷惑かけたくなかったし。けれど……そんな気遣いしたからいけなかったんだよね……」

妖しい笑みに一抹の狂気が宿る。博道はゾッとした。

「お母さんとは生でしてるでしょ？　たぶん、中にも出してるんじゃないのかな？」

結那は視線を少しも動かさない。じっと博道の目を見つめていた。

自分の質問の答えを確認しているのだろう。そして、意図がわかったところで、瞳で嘘がつけるほどの器用さを博道は持っていない。

「……予想どおりだね。本当に最低」

泥濘《でぃねい》が亀頭を捉える。瞬間、トロトロの肉襞が絡みつく。

「ううぅ……結那ちゃん、待って……本当にマズいって」

「マズいのは……彼女の母親と浮気して、中出ししてたヒロくんでしょ……あ、あああぁっ！」

グッと股間を押しつけて、結那は一気に肉棒を埋没させる。

強烈な擦過と締めつけが博道に襲いかかった。若い牝壺の中で怒張がビクビクと痙攣する。

「あ、あああぁ……ゴムなんかと全然違うぅ……これすごいぃ……」

結那は勃起を埋め込みながら、ぷるぷると震えている。狭い膣洞はぴったりと肉棒に貼りつきながら、歓喜の収縮を繰り返していた。

(ヤバい……締めつけが強すぎる……めちゃくちゃうねってるっ)

ゴムのない結那とのセックスはあまりにも苛烈な淫悦だった。先にフェラでの射精を経ていなければ、とっくに果てていてもおかしくはない。

「はぁ、ぁ……すごい……すごいよぉ……あ、ああっ」

蕩けた顔を浮かべる結那がゆっくりと腰を前後に揺する。

溢れ出た愛液がグチュグチュと音を響かせていた。

亀頭には絶えず膣奥の壁と子宮口のコリコリした感触が当たっている。その張りや瑞々《みずみず》しさは美彩子にはない感覚だった。

（ああ、めちゃくちゃ締まる……これが生で感じる結那ちゃんなのか……こんなのすぐにダメになるっ）

若い牝膜は貪欲《どんよく》なまでに肉棒の存在を求めてきた。

徐々に腰の動きは速くなり、前後だけでなく左右にも揺れはじめる。やがては円を描くように腰をくねり、積極的に悦楽を貪《むさぼ》りはじめる。

「結那ちゃんっ、そんなに激しくされたら……っ」

「出ちゃう？　いいんだよ、出してよっ。それが……目的なんだからっ」

発情と興奮で顔を真っ赤した結那が言い放つ。

白い身体にはじっとりと汗が浮かんでいた。艶やかな長い髪が頬や肩、腕に貼りつく様はあまりにも淫靡である。

（ダメだ……中出しなんかしてしまったら。結那ちゃんは高校生だぞ。美彩子さんより圧倒的に妊娠しやすいんだっ）

ただでさえ浮気で彼女を傷つけたのだ。これ以上、彼女を悩ませるわけにはいかない。

だが、結那は博道の考えとは真逆なのか、それとも、それすらどうでもいいと思っているのか、いっさいの遠慮なく腰を振りつづける。蜜壺を押しつけてくる力もより強くなり、いつしか彼女は身体の重心を結合部に集中させていた。

「ほら、出しちゃいなよ。我慢なんかしちゃダメなんだから。我慢してるの、わかってるんだよっ」

前後左右に振っていた腰を、今度は上下にバウンドさせてくる。

汗と愛液とでグショグショになった結合部から、はしたない水音が響き渡った。濡れた肉同士がぶつかり合い、淫液が互いの下腹部にまで飛び散ってしまう。

ただでさえ強い蜜壺の締めつけは、肉棒に触れて擦過することで、絶妙な柔らかさと蕩け具合を呈していた。複合的な刺激が同時に博道に襲い来て、もはや我慢することなど不可能だ。

「はぁ、ぁん！　奥、気持ちいいっ……ああっ、いっぱい押し広げられて……ヒロくん、気持ちいいよっ、おま×こすごく気持ちいいよぉ！」

激しく腰を振って蜜壺を叩きつけてくる結那が、甲高《かんだか》い嬌声を響かせる。

博道はその言葉に絶句した。今まで彼女の口から聞いたことのない単語を叫んだのだ。

「ゆ、結那ちゃん……おま×こ、って……」

結那は悦楽に呆けた笑顔を浮かべる。上半身を倒して覗き込んできた。

「そうだよ。おま×こだよ。お・ま・×・こ……そのくらいの言葉、私だって言えるんだから」

今までの彼女ならば、恥じらいゆえに口にすることなどありえなかった。

だが、今は違う。淫悦を求めて喜悦に狂う結那にとっては、恥じらいなどはもはや邪魔なだけなのだ。

「ほらぁ、集中してよ、私とのセックスに……このままだとおま×こに射精しちゃうね。ふふっ、妊娠したらどうしよう……うふふっ」

恐ろしいほどの淫蕩な笑みには、狂気的な決意が含まれていた。

色欲に蕩けた瞳が言ってくる。絶対に中出ししろ、一番奥で出せ、と。

（うう……このままだと本当に出してしまう……）

肉棒はもう爆発寸前だ。このような状況でも精を放とうとする自らの本能が忌々《いまいま》しい。

が、突然、結那の腰の動きがピタリと止まった。

彼女は部屋の扉のほうを振り向いている。

「……お母さん、帰ってきちゃった」

「えっ？」

博道は部屋の時計に目を向けた。確かに、美彩子が帰ってくるいつもの時間だ。

（もうこんな時間だったのか……）

いつもは美彩子の帰宅時間までにセックスを済ませて、彼女が帰ってきたときには何もなかったように振る舞っている。流れが流れだっただけに、完全に感覚が狂っていた。

「……いいこと思いついちゃった」

結那が冷たい声でポツリと呟く。

とんでもなく悪い予感がした。

「ゆ、結那ちゃん……？」

「ヒロくんだけに罰を与えるのはおかしいよね、フェアじゃない……お母さんにも与えないと」

「そ、それは……っ」

博道は戦慄した。いったい何をしようというのか。

結那は見たこともないような邪悪な笑みを浮かべている。

そして、小さく告げてきた。

「続けるからね」

ハッとしたときには遅かった。結那は再び腰を大きく前後に揺する。

「あ、ああっ！　奥にゴリゴリって……うあっ、すごいよっ……ヒロくんのおち×ちん、すごく気持ちいいよ！　あ、あああぅ！」

廊下どころか階下にも聞こえるであろう絶叫だった。

結那は勝ち誇ったように見下ろしてくる。

博道はいきりつづける肉棒とは裏腹に、絶望的な気分になった。

4

突然の卑猥な声に、美彩子はビクリとした。

買ってきた食材を冷蔵庫に入れていた。はずみで卵を落としそうになる。

聞き間違えるはずがない。あの声は結那のものだ。

(あの子ったら……なんてはしたないの)

そう思ったところで、自分だって同じだと気づく。むしろ、卑猥さで言えば自分のほうが酷《ひど》いであろう。

しかし、冷静に考えてみると、美彩子が帰ってくる時間にこんなことは初めてだった。

（二人に身体の関係があるのは、だいぶ前から……それこそ、博道さんとこうなる前から気づいていたけれど……）

つまりは、自分が不在のときに肌を重ねているということだ。

良くも悪くも賢い結那のことである。自分に気づかれないように行動してきたはずだ。

（……嫌な予感がする）

一つの違和感が、じわじわと深くまで広がっていく。

違和感は不安感に、やがては恐怖心に変化した。

（……確かめにいかなきゃ）

なぜかそう思った。

いくら自分が親だからとはいえ、年頃の娘が恋人とセックスしている場に踏み込んでいいはずがない。

しかし、無視できなかった。してはいけない気がした。女の勘、というやつだろうか。

「……」

リビングから出た美彩子は、階段下から上を見る。

今も女の媚びるような嬌声が響いていた。まるで自分を誘っているようだ。

ゆっくりと足音を立てないように階段を上がっていく。

だんだんと喘ぎははっきりとして、何かを囁《ささや》くような声まで聞こえる。

その声は間違いなく、結那と博道のものだった。

(部屋の前まで来たけれど……これでどうしようっていうの……)

ドアの向こうで、いったい何をしているのか。ただのセックスではない予感がした。

見たいわけではないが、確認がしたい。確認をしなければならない気がする。

美彩子は静かに深呼吸をして、ゆっくりとドアノブに手を伸ばす。伸ばした指先が若干震えていた。

音を立てないようにハンドルを回し、そおっと扉を少しだけ開けた。

瞬間、室内から牝の鳴き声が鼓膜を貫いた。

「出してっ！　私の中にちょうだい！　欲しいのっ、ヒロくんの精子が欲しいのっ！」

耳を疑う叫び声だった。一瞬、結那ではない別の誰かではないかと錯覚する。

しかし、その声は紛れもなく娘のものだ。

衝撃のままにもう少しだけ扉を開けた。

見慣れた結那の室内で、絨毯《じゅうたん》の上に二人がいた。全裸の博道が横たわり、その上で見たこともない下着を着けた結那がいる。その姿は、明らかに男を煽情するためのものだった。

（なっ……なんてことをしているの……っ）

結那は博道の腰を跨いで、しっかりと着地していた。彼女が腰を動かす度に、グチュグチュと卑猥極まる粘着音が聞こえてくる。

「結那ちゃんっ、ダメだってっ。このままだと本当に……っ」

「ダメじゃない！　ヒロくんのお願いなんか聞いてあげないんだからっ。出してよっ、中出ししないと絶対に許さないんだからね！」

膣内射精を強制する娘の姿に目眩《めまい》がした。なんということをしようとしているのか。

彼女はまだ十七歳で、それゆえに子宮は若い。自分なんかと比べれば、圧倒的に妊娠する可能性が高いのだ。

唯一の親として、なんとしても止めなければ。美彩子は震える身体に鞭を打ち、部屋へと飛び込もうとする。

が、次に娘が叫んだ言葉に、全身が硬直した。

「お母さんには中出ししまくったくせに！　浮気セックスで中出ししておきながら、私にはしないなんて、絶対に……絶対に許さないんだから！」

何を叫んだのか理解ができなかった。正確には、脳が理解を拒絶した。

しかし、それは一瞬のことだ。理解が及んだ瞬間に、美彩子はその場に崩れ落ちてしまう。

（結那……なんで……なんで私たちのことを……）

絶対に発覚してはいけなかった。いずれは別れなければならないが、永遠の秘密として墓場まで持って行かなければならないと覚悟もしていた。

それを知られてしまっている。

呆然とする美彩子の先で、結那は必死に腰を振りつづける。

牝としての本能と女としての激情が内包した荒々しい行為は、セックスというよりは交尾であった。

「うぅ……も、もう無理……ああっ！」

博道が呻きとともに床から結那ごと尻を浮かせる。

同時に、結那の甲高い悲鳴が炸裂した。

「あぁっ！　出てる……熱いの来てるよぉ……あ、あぁっ、ダメっ……これイッちゃうっ、イクのっ、中出しでイクぅ……ぅううう！」

結那の背中が大きくしなり、その状態で硬直した。

お互いに結合部を密着させて、しばらくそのまま動かない。

やがて、ほぼ同時に二人は弛緩した。男と女の荒々しい吐息だけが漏れ聞こえてくる。

（ああ……そんな……そんな……）

嫉妬に羨望、絶望と不安、諦念や虚無、ありとあらゆる感情が交互に、または同時に美彩子の心身を襲ってくる。今の自分に、それらをかわす余裕などない。

結那は膣内射精を受けてからいっこうに動こうとしなかったが、その身体が上半身のみゆっくりとひねりはじめた。

乱れに乱れた長い黒髪の合間から、汗に濡れた娘の顔がこちらを向く。

その顔は笑っていた。優越感が滲んでいた。

「……っ！」

彼女はしっかりと美彩子を見ていた。覗いていたことに気づいていたのだ。

美彩子は両手を口に重ねて、出そうだった悲鳴をすんでで抑えた。

限界まで見開いた両眼が視界を滲ませ歪ませる。涙が溢れて頬を伝った。

「ヒロくん……んんっ、んちゅ……」

結那は再び身体を戻すと、今度は博道へと倒れて、濃厚なキスを始めてしまう。

尻が持ち上がって結合部がはっきりと見えてしまった。ドロドロに汚れた娘の股間には、博道の勃起が深々と突き刺さっている。

「ねぇ……一回だけで終わると思う？　違うよ？　今日はねぇ……」

結那は甘えた声でそう言うと、尻を突き上げてから勢いよく打ち落とす。

「うあっ！　結那ちゃん、い、今イッたばかりだから……あ、あああっ」

「こんなに硬いままじゃない。今日は限界まで許さないよ。全部……全部中に出してね。それが私が許す条件なんだから。だから……ああ、ぁ……頑張ってね」

もう見ていられなかった。この場にいたら、自分が壊れてしまうと思った。

美彩子は涙を拭《ぬぐ》うこともせず、一目散に階段を降りる。

自分の寝室へと駆け込んで、ベッドの中に潜り込んだ。

今になって身体の震えが大きくなって、まったく止まる気配がない。

涙は止めどなく溢れてきて、ついには嗚咽《おえつ》を我慢できなくなった。

（私は……私はなんて女なのっ。本当に愚かで馬鹿な……どうしようもない女だっ）

博道との関係に浮かれていた。年甲斐もなく、少女が初恋を成就《じょうじゅ》させたかのように振る舞っていた。

その結果、献身して育ててきたはずの娘を傷つけた。それだけではなく、膣内射精という危険な行為を求めてしまうくらいに壊してしまった、狂わせてしまったのだ。

もはやその所業は、母親としてはもちろんのこと、人間として失格である。

上の階からは甲高い嬌声が今も聞こえる。まるで自分への罰として浴びせてきているようにも思う。

「うぅ、っ……うううぅ……！」

思考も精神もグチャグチャになった美彩子は、耳を塞ぎながら嗚咽を繰り返すしかなかった。

第六章　穢れた愛欲の果て

1

　あれから十日ほどが経っていた。

　博道は教室からぼんやりと窓の外を見つめている。

　何もする気が起きなかった。授業も上の空で、教師の説明などは右から左への状態だ。

（美紗子さん……まったく連絡がつかないな……）

　あの日、美彩子が結那とのセックスを覗いていたことを知り、すぐにメッセージを送っていた。

　しかし、彼女からは返信はなく、それどころか既読にすらならない。

（僕のことはどうでもいいんだ。問題なのは美彩子さんだ。ちゃんと生活できているのかな……結那ちゃんとの関係は大丈夫なんだろうか……）

結那からはあの日、言いすぎでも何でもなく、限界を超えるまで搾り取られた。宣言どおりにすべては強制的な膣内射精だ。

彼女はあの日以降、今まで以上の積極性で博道との関係を続けている。それは好きだとか愛だとかではなく、ある種の執着を感じさせる。

彼女は口では「許した」などとは言うが、本当のところは違うのだろう。その執着が何よりの証拠だし、さらに言うと、執着は自分を信用していないということだ。

（当たり前だよな。浮気していたんだし。それも……実の母親と）

結那から美彩子の話は聞いていない。彼女も触れたくないのだろうと思ったし、自分から触れるわけにもいかなかった。

無意味で空虚な時間が過ぎていく。

美彩子との関係が自分の中でここまで大きなものになっているとは思わなかった。

この空《むな》しさはいったいどうすればいいのだろうか。

博道は教師にバレないように、静かに大きくため息をついた。

「ヒロくん」

ホームルームが終わって帰りの支度をしていると、結那が傍らへとやってきた。

いつものようにデートの誘いかと思ったが、どうも様子がおかしい。

「何？　どうしたの？」

「あのさ……お母さんのことなんだけど……」

結那は言いにくそうに視線を逸らす。

博道の心臓は跳ね上がった。まさか結那から美彩子の話が出てくるとは思わなかった。

「……」

どう応えればいいのかわからず無言になる。博道も視線を落としてしまった。

「あのね……」

「……」

「お母さんが……ヒロくんに会いたいって……」

「えっ？」

まさか、と思った。聞き間違いではないか。

「で、でも……僕は結那ちゃんと……」

「待って。その件でも話があるの……」

結那はそう言うと、教室の中を見渡した。

教室にはまだ多くの生徒が残っている。部活に行く準備をする者もいれば、雑談に花を咲かせる者もいた。

（ここで話せるものでもないよな……）

博道はコクリと頷《うなず》くと、結那の手を取って教室を出た。


学校には必ず人気が極端に少ない場所というのがある。博道たちの学校でいうと、校舎の外れにある階段がそれにあたった。中でも屋上へ上がる直前の踊り場はほとんど人が来ない。二人はそこにいた。

「それで……話っていうのは？」

博道は小さな声でもう一度尋ねる。人が来ないとはいえ、万が一のこともある。誰かに聞かれるわけにはいかなかった。

「えっとね……その、お母さん、ヒロくんに会いたいって言ってるの……最後にお別れがしたいって……」

「最後？　それってどういう……」

「あ、勘違いしないで。別に親子で確執ができたとか、そういうことはないから……」

結那は若干慌てるように言ってから、あの日以降の家でのことを語りはじめた。

「最初はね……私、絶対に許せないって思ってたから、お母さんのこと、徹底的に無視してた。当然、お母さんも負い目があるし……会話はもちろん、顔さえ合わせなかった。お母さんの料理なんか食べたくなかったから、食事も買ってきたもの食べたり、もしくは食べなかったり……」

「……」

「でもね、数日してから、私もいろいろと考えるようになってきて……お母さん、可哀想じゃないかなって」

「可哀想……って？」

博道が尋ねると、結那はうん、と頷いてくる。

「だって……お母さんはお父さんが死んでから、ずっと私のことやお仕事のためだけに生きていたもの。そんな生活がつまらないの、子供の私にだってわかる。そんななかで、たまたま出会って、女としてときめいてしまったのが……ヒロくんだった」

結那の口調には、あの日感じた怒気や嫉妬といった激情はまったくなかった。本当にありのままのことを語っている。

「ふふっ……やっぱり母娘って似るんだね。好きになっちゃう相手が同じなんだもの。だからね……もしかしたら、出会い方次第では私とお母さんの立場は逆転してたんだろうなって。私がお母さんに隠れて浮気相手になっていたんじゃないかなって思うんだ……」

ありえない、とは言いきれなかった。仮に先に美彩子と知り合って、男女の関係になっていたとしても、結那が現れたら心を奪われていたであろう。結局、一番最低なのは他の誰でもない博道自身なのだ。

「浮気関係がわかったときは、お母さんのことはただ憎いだけで……口に出せないような酷《ひど》いことを考えたりもしたけれど……やっぱり最終的にはお母さんのこと好きだなって思ったから……それに、お母さんがヒロくんのこと本気で好きだったってこともわかってたから……だから、私、言ったの」

結那はそこまで言うと、ちらりと博道のことを見た。

博道は何も言わずに頷いた。独白の続きを聞かせてほしい。

「……お母さんもヒロくんと付き合っていいよって。母娘それぞれでヒロくんと恋人になろうよって」

「えっ……そ、それは……」
自分の知らないところでそんな話をしていたとは思わない。
第一、世間的な常識から考えれば、ありえないことである。二股を容認すること
も、それが母娘を相手にすることも。博道は混乱した。
「でもね……お母さん、それは絶対にいけないって首を縦には振ってくれなかった。
浮気関係である以上、けじめはつけなきゃいけないからって。私としては、ヒロくん
もお母さんも私も幸せになれる、いい方法だと思ったんだけどな。私が納得すれば解
決する話なんだし」
そう言って寂しそうに笑った。
(美彩子さんらしい考えだな。美彩子さん、母親に戻ったんだ)
母親として、娘に汚れた関係を教えるわけにはいかないと考えたのだろう。本当に
彼女は目が覚めたのだ。
「そっか……ごめん。全部、僕が悪いんだ。そもそもは僕が結那ちゃんを裏切ったの
がすべての始まりなんだから……」
博道が申し訳なさに胸を痛めつつ、結那に向かって頭を下げる。
結那は何も言わない代わりに、力なく首を左右に振った。

その後、しばらく二人は無言だった。

窓の外から運動部の元気の良い声が聞こえてくる。吹奏楽部の決して上手くはない管楽器の音色も響いてきた。

「ヒロくん……今日、明日、明後日と時間あるかな？」

「……あるけど」

幸い、この週末はまた親が出張でいなかった。特に予定も入れていない。

「今夜、家に来て。私はまた、お父さんの実家に行くから……この三日間で……お母さんをいっぱい愛してあげて」

「え……でも、それって……」

また浮気になるのでは、と言おうとすると、結那は再び首を振る。

「このままのかたちでヒロくんとの関係を終わりにさせるのは嫌なの。私も女だもの。お母さんの気持ち、痛いほどよくわかる。諦めたくないけど、諦めないといけないだなんて、悲しくてつらくて切なくて……どうにかなっちゃいそう。けじめをつけるなら、できるだけいいかたちでつけてほしいの」

突拍子もない提案である。常識的に考えれば、狂った発想であろう。

しかし、結那は本気だった。その整った瞳に迷いはない。

「……結那ちゃんはいいんだね。本当にそれで」

今一度、確認する。

結那の首はゆっくりと噛みしめるように頷いた。

「……わかった」

恋人からお願いされた以上は断れない。内容は異常であろうが、母親を想う娘としての気持ちは本物だった。

「ありがとう……」

結那はポツリと呟《つぶや》くと、そっと博道の胸元へと顔を埋めてくる。しなやかな腕が身体に巻きつき、しっかりと抱きついてきた。

博道は一瞬呆然としたが、すぐに彼女の華奢な背中に手を回す。申し訳ない気持ちを抱きつつ、艶やかな黒髪の頭を優しく撫でた。

「ヒロくん。私、ヒロくんが本当に好き……大好き。だから、もうヒロくんが他の女の人に気を向けないように、いろんなことをするからね」

結那が柔らかい声で、しかし決意めいたものを内包して言ってくる。

「この前のエッチが本当の私……嫌われたくないから隠していたけど……私はとってもいやらしい女なの。淫乱で変態なの。だからね、ヒロくんがエッチでしたいことがあったら、何でも言って。私、何でもするし何でもしたい。ヒロくんが私だけを見てくれるなら、どんなに異常で狂ったことでも喜んでするよ」

見上げてくる瞳は清流のごとく澄んでいる。清純を絵に描いたような見た目とはあまりにも不釣り合いな本性だ。

答えなど決まっている。博道は小さく「わかった」と返答した。

だが、結那は満足そうに微笑んでから、その続きを言ってくる。

「だからね……もし、今度、他の女の人と浮気をしたら……そのときは本当に……ヒロくんとその女を殺すから」

すがるような物言いに、博道は背筋を凍らせた。

2

夜、博道は静井宅を前にしていた。

住宅街ゆえに周囲はひっそりとしている。どこかで犬の鳴き声が微かに聞こえるだけだった。

（本当に……いいんだよな……）

あの日以降、美彩子とはまったくやりとりをしていない。

妙な緊張が身体を蝕《むしば》んでいた。熱くもないのに、背中にはじわりと汗が滲み出る。

結那は今夜、自分が尋ねることは伝えてあると言っていた。彼女のことだ、おそらく強引なかたちで美彩子に言ったに違いない。

(でも、それなら……約束は守らないとな)

博道はフンッと鼻息を鳴らすと、彼女の家の敷地を跨ぐ。

そのとき、目の前の玄関ドアがガチャリと開いた。

顔を出したのは……美彩子だった。

「あっ……」

彼女は自分を見ると、バツが悪そうに俯いてしまう。儚《はかな》げな雰囲気は相変わらずだった。

「こ、こんばんは……」

突然のことに動揺し、博道の挨拶は震えてしまう。

美彩子はコクリと首を頷かせるだけだった。

「……どうぞ」

美彩子は扉をさらに開け、博道を中へと招き入れる。

博道は「お邪魔します」とだけ言って、通い慣れた玄関に踏み入った。

博道はリビングに通された。

見慣れた光景のはずなのに、ずいぶんと懐かしく感じてしまう。

「博道さん……来てくれてありがとうございます……」

美彩子は小さな声で頭を垂れる。

「そんな……すみません、こんな時間に言われるままにのこのこと来て」

「いいんですよ。結那のことだから、たぶん強引に家に来てって言われたんでしょう？」

「それはまぁ……はい」

博道が答えると、美彩子が柔らかく苦笑した。久しぶりに見る彼女の笑顔に、胸の奥が熱くなる。あんなことがあってもなお、自分は目の前の美女が好きなのだと自覚した。

「美彩子さん……すみません。僕が全部悪いんです」

博道は深々と頭を下げる。

「僕が……もっと理性を保っていたら、こんなことには……美彩子さんも結那ちゃんも傷つけることにはならなかったのに」

「それは違いますよ」

美彩子が遮《さえぎ》るようにきっぱりという。

博道は頭を上げて彼女を見た。

いつものように柔らかくて温かい表情が浮かんでいる。見ているだけで心が蕩けてしまいそうだった。

「私が……悪いんです。どう考えてもそうですよ。いい歳して、博道さんみたいな素直な少年を誑《たぶら》かして……娘の彼氏だってわかっているのに、つまみ食いするようなことをして……本当にどうしようもない馬鹿女……」

「そ、そんなことは」

「言わないでください。優しい言葉をかける必要はないんです」

そうピシャリと言ってくる美彩子は、柔和な表情を崩していない。

しかし、その瞳にはある種の達観めいたものが見て取れた。

(やっぱり美彩子さん……本当にお母さんに戻ったんだ……)

これでよかったのだと思う。自分たちの関係は人には言えない汚れた関係だったのだ。かたちはどうあれ、解消したのはお互いにとっていいことなのだ。

だが、心の奥底では未練めいた想いも燻《くすぶ》っていた。高校生の博道に、それを無視できるほどの成熟さは備わっていない。

「博道さん……」

美彩子が優しい声色《こわいろ》で名前を呼んだ。

彼女は自分の隣に座り直すと、ぴったりと身体を寄せてきた。

いつもの甘い香りが鼻腔を満たす。やたらと瑞々《みずみず》しさを感じるのは、すでにシャワーを浴びたということだろうか。

博道はチラリと彼女を見る。

黒く艶やかなボブカットに縁取られた小顔の中で、母性を湛《たた》えた瞳がこちらを向いていた。

その瞳は先ほど見た母親としてのものではない。博道を男として求め、自らを女として与えようとする、先日までの彼女のものだ。

「み、美彩子さん……」

「はしたない女でごめんなさい……娘からの憐れみを受け入れるような情けない女でごめんなさい……でも、私……やっぱり……っ」

それ以上の言葉はいらなかった。

博道は美彩子にキスをする。無意識からの衝動的なものだった。

「んんっ……んふぅっ」

美彩子もすぐに応じてくれた。細い腕をこちらに巻きつけ、柔らかい唇を押しつけてくる。

どちらからともなく舌を差し出し、すぐに濃厚に絡め合う。クチュクチュと淫靡な音色が奏でられ、甘い呼吸を感じた。

（美彩子さんのキスは本当に気持ちいい……いつまでもしたいくらいだ）

蕩けるような心地よさがいつまでも続く。言いすぎでもなんでもなく、永遠に口づけしたいと思えるほどだった。

「はぁ、っ……博道さんっ……んんっ」

美彩子の舌遣いがより熱烈になる。身体に巻きついた腕に力が込められ、きつく抱きついてきた。熟れた女特有の、脂が乗った肉体が強く押しつけられてくる。

（こんなの抑えられない……また爆発してしまうっ）

肉棒はいつの間にか怒張と化して、痛いくらいに膨れていた。

本能の赴《おもむ》くままに美彩子の身体を弄《いじ》ると、彼女も同じように絡みつくように撫でてくる。

再燃した男と女の欲望は、もう止められなかった。

3

博道たちはそのまま美彩子の寝室に流れ込んだ。
本来ならば、抱き合ったりキスしたりして、甘い時間を過ごすべきなのだろう。
しかし、博道にはもちろん美彩子にも、そんな余裕は少しもなかった。
二人の衣服が畳みもせずに、周囲に散らばっているのがその証拠だ。
「ああっ……そこ……ああ、そんなとこまで……」
ベッドで仰向けになる美彩子は、一糸纏《まと》わぬ姿で甘い愉悦に身を揺らす。
博道はそんな彼女の身体を丁寧に舐めていた。
(美彩子さんの身体を一生覚えるんだ……僕が狂ったように愛した身体を永遠に……)
白い身体はなめらかな肌に覆われて、まるで陶器のように美しい。
メリハリのある身体は圧巻で、見ているだけで欲情してしまう。
「美彩子さんの身体、本当に綺麗です……どれだけ舐めたり撫でたりしても物足りない……」

「はぁ、ぁ……嬉しいです……好きなだけ舐めてください……こんな身体でいいのなら、満足するまでしゃぶって……うぅんっ」

首筋から肩や鎖骨、腕に脇腹、太もも、ふくらはぎと、博道はあらゆるところを丁寧に舐めていく。

味などしないはずなのに、美味に感じられて仕方がない。おまけに、舐めれば舐めるだけ、さらに欲しくなってしまう。

（この三日だけ……たった三日で関係は終わりなのに、ますます美彩子さんに溺れていく……約束は守らないといけないのに……）

深みにはまっていく自覚があった。

しかし、だからといって止められるわけがない。博道は己《おのれ》の欲求に従い、美彩子の身体をゆっくりと堪能する。

彼女はどこを舐めてもピクピクと反応し、甘い声を漏らしてきた。

それがいちいち博道の煩悩を刺激する。肉棒はすでに完全体となっていて、先走り汁まで垂らす始末だ。

（改めて見ると……本当に大きくてきれいなおっぱいだよな……）

美彩子の乳房が身体の動きに一拍遅れて揺れていた。

柔らかさを誇示するようにふるふると波を打っている。若干脇へと流れているが、それでも質感は圧倒的だった。

見ているだけではたまらない。博道は手を伸ばして、たっぷりとした乳肉を掬《すく》い取る。

「すごい柔らかい……ああ、手に吸いついてくる……」

「んあ、あぁ……はぁ、ぁ……いっぱい揉んでください……んぅ」

ふわふわの乳肉は博道の指を包み込む。どこまで揉んでも柔らかく、意識まで蕩けてしまいそうだ。

そして、二つの乳房の頂点では、硬く実った乳頭が誘うように揺れている。

博道は無意識に誘《いざな》われ、片方の乳首にしゃぶりつく。

「んあっ！　あ、ああっ……おっぱい気持ちいいです……はぅんっ」

もう片方の乳首を摘まみ、左右同時に愛撫した。

どちらの乳首も硬くて甘い。母乳が出るはずもないのに、吸いつづければ噴き出してくるのではと思ってしまう。

いつの間にか博道は乳頭を啜《すす》ることに没頭していた。左右の乳首を交互に口に含み、たっぷり舐め回しては音を立てて吸引する。

「あ、ああんっ……いいんですよっ。いつまでも吸ってください……ああ、気持ちいいです……そんなに吸ってくれて嬉しいですっ」

美彩子は身体を反らして悦びの声をあげる。博道の頭を撫でていた手が、いつしか搔きむしるようになっていた。

乳肌からの甘い香りが強くなる。しっとりと汗ばみはじめた美彩子の白肌は、極上の触り心地だった。

(アソコは……おま×こはどうなってるんだ)

乳を吸いながら、そっと鼠径《そけい》部から指を滑り下ろす。

ぞわぞわしたのか、美彩子の下半身が細かく震えた。

指がついに恥丘の崖を滑り落ちる。

瞬間、熱い粘液がたっぷりと絡みついた。

「んああ、ああっ！　ああ、っ……イヤぁ……っ」

(すごい濡れ具合と熱さだ……こんなになっているだなんて)

愛液は陰唇どころか周囲にまで広がっている。少し動かすだけでクチュクチュと卑猥な音が響いていた。

クリトリスは完全に包皮を脱ぎ捨てている。硬く膨れた牝芽は、触れられるときを待っていた。

博道はたっぷりと愛液を指に絡めて、肉真珠にそっと触れる。

「うあ、あぁぁ！　ひぃ、んっ……あ、ああんっ」

美彩子は腰を大きく跳ね上げ、甲高い悲鳴を撒き散らす。

淫華がドプリと蜜をこぼして、博道の指を汚していく。

「美彩子さん、気持ちいいんですね……ああ、感じてる姿がものすごく素敵です」

「そ、そんな……ああ、見ないでください。こんな顔、見られちゃ……んあ、あぁっ！」

顔を隠そうとする手を摑んで、万歳するかたちで押さえつける。

綺麗に手入れをされた脇が露出した。爽やかな石鹼の香りの中に、濃密な牝のフェロモンが混ざっている。

（ああ、なんてエッチなんだ……見るだけなんて無理だよ……っ）

花に誘われる蝶のように博道はふらふらと腋窩《えきか》に引き寄せられてしまう。

そして、思いきり舌を露出して、ねっとりと大きく舐め上げた。

「ひぃん！　そんなとこ舐めちゃダメですっ、イヤっ、汚いから……ああぁっ」

「そんなことないですよ。とてもきれいで、とてもエッチで……はぁ、たまらないですよ」

片方だけでなく、もう片方も舐め上げる。

さらには軽く吸いついて、羞恥と触覚、聴覚からも美彩子を責めた。

陰核は先ほどよりも肥大して、はち切れそうなくらいに膨れている。

球面に沿って指を滑らせ、軽く上下左右に擦りつづける。指で摘まんではクリクリし、ときおりキュッと押しつぶす。

「ひああんっ！　あ、あぁっ……ダメ、そんなにしちゃっ、ダメなのっ……ああ、ダメぇ！」

美彩子が甲高い声で大きく叫び、ビクビクと肢体を震わせた。

白い身体は鳥肌となり、続けてじわっと汗の雫が浮き出てくる。

「美彩子さん、イッちゃったんですか。クリだけでこんな大胆に？」

あけすけに尋ねると、美彩子は赤面にして顔を背けた。

（恥じらう美彩子さんって本当にかわいいな。もっと……もっとエッチな顔が見たい）

いまだ戦慄《わなな》く美彩子を無視して、博道はゆっくりと秘園に指を忍ばせる。

プチュチュと粘液の弾ける音とともに、トロトロの粘膜が絡みつく。

「うぐ、ぅ……はぁ、ぁ……んあああぁ！」

指を第二関節まで入れてからクッと曲げる。ざらつく膣壁を圧迫した。

美彩子は尻を浮かせて硬直すると、そのままの姿勢でガタガタと震えだした。

「まだですよ。もっとですっ」

博道はそのまま指を押しつけながら振動させる。ダラダラと愛液が滴り落ちた。

「ひぃぃい！　ひぃいいいん！　博道さん、ダメっ！　それ、感じすぎちゃうのっ、感じすぎちゃうから……んあああ！」

部屋のガラス戸を震わせるかの勢いで、牝の叫びが響き渡る。

下腹部を突き上げるようにして、美彩子の身体が何度も跳ねた。

指の腹に当たっていた膣膜が急速に膨れはじめる。博道はさらに刺激を加えつづける。

「ひ、博道さんっ！　ダメですっ、それ以上押さないでっ！　出ちゃうから……ああ、出ちゃうの！　止めてぇええっ！」

断末魔のような悲鳴のあと、突き出された姫割れから勢いよく流線が描かれた。

噴水のように噴き出たそれは、美彩子のベッドを濡らしていく。

「はぁ、ぁ……イヤぁ……出ちゃ……ダメなのに……うぅ、んっ」

やがて勢いをなくした水流は、ちょろちょろと股間と菊門に滴って、ようやくすべてを流し終える。

ベッドには液だまりができていた。その真上に美彩子の尻が崩れ落ちる。べちゃりと液体が弾け飛んだ。

（美紗子さん、潮噴けたんだ……しかも、こんな大量に……）

博道にとって初めて見る潮吹きは、あまりにも圧巻だ。

あまりの羞恥に顔を手で覆う美彩子の姿も相まって、もう怒張は限界まで張り詰め、痛みを感じるほどだった。

4

二人揃って汚れてしまい、いったん風呂に入ることになった。

同じく汚れたシーツは洗濯機の中である。

そして、浴室は異常なまでの熱気に満ちていた。

発情した少年と女は、ここが身体を洗う場所であることも忘れて、互いの肉体を求め合う。

「あぁっ、美彩子さん……そんなに弄《いじ》ったらダメです……くぅ、ぅ」

美彩子は逞しい勃起を握りしめながら、丹念に博道の身体を舐める。

「無理なんです……身体が、博道さんを求めて……博道さんの身体、いっぱい舐めたくて仕方がないんですよ……っ」

首筋からくるぶしにかけて、全身を舐めていた。同時に自らの巨乳を押しつけては、その柔らかさを擦りつける。

(本当にダメ……私、こんなにも博道さんに溺れてたのね……)

リビングで博道とキスをしてから、堪《こら》えていた感情が爆発した。女として牝として、すべてを使って博道を愛したい。理性も良識もすべてを捨てて、自分の本能のみに忠実になる。美彩子はすっかり、卑猥で下品な牝へと戻っていた。

「すごいビクビクして硬くて……ああ、いっぱい濡れてきてます……」

すさまじい硬さで角度を描く剛直を丹念に撫で回す。亀頭から肉幹を通って根元までを扱《しご》き、重く揺れる陰嚢を優しく揉み回す。

「うあっ……美彩子さんの扱きが上手《じょうず》すぎるんです……うぅっ」

精悍な顔立ちが快楽に歪むのがたまらない。牝欲の炎が刻一刻と大きく激しくなっているのがよくわかった。

（こんなに先走り汁もトロトロに出してくれて……）

勃起が脈動するたびに、ぽっかり開いた尿道口から粘液が溢れ出す。熱くぬめった透明液は、美彩子の手肌に染み入って、自らの煩悩を焦がしつづけた。

（ああっ、もっと感じて……私でいっぱい精液出してくださいっ）

美彩子は博道の正面に回ると、両手で怒張を撫で回す。

決して痛くないように、しかし確実に絶頂に至るように、絶妙な塩梅で肉棒全体を愛撫した。

「うあ、あっ……出ますっ……ああ、イクっ！」

呻《うめ》くような叫びが響き、瞬間、勃起が大きく跳ねる。

亀頭が大きく膨らんだと錯覚したあと、おびただしい量の白濁液が噴出した。

「ああっ、もっと出してくださいっ。私に浴びせてっ。精液まみれにしてくださいっ」

降り注ぐ子種液に美彩子は骨の髄から熱く震えた。

胸や肩、首、そして顔にまで濃厚な牡液は飛び散って、美彩子をむせ返るような精臭に包み込む。

それがたまらなく幸福だった。

（ああ、すごい……私の身体が博道さんに包まれているみたい……）

唇付近の精液を舌でこそぎ、そのほかの部位の精液は指で搦《から》め取っては舐めしゃぶる。

極めて濃厚な牡の味に、美彩子の意識は酩酊した。

「ああ、美彩子さん……なんていやらしいんですか……」

博道がハァハァと荒い呼吸を繰り返しながら見下ろしてくる。

眼前の勃起はいまだに逞しい急峻を描いていた。太さも硬さも変わっていない。

「博道さんだからですよ……博道さんの精液だから、全部舐めたいし……子宮にだってほしいんです」

ふらつく身体で博道にしがみつき、剛直へと舌を伸ばす。

舌から伝わる熱さと脈動が、自らの牝膜へとリンクしていた。

「はぁ、ん……んんっ……んぐっ、博道さんのおち×ちん好き……もっと私におち×ちんください……んっ、んんっ」

荒々しく勃起を舐め回し、喉奥深くまで飲み込みつづける。美彩子は我を忘れて少年へ熱烈に媚びた。

「ああっ、美彩子さんっ。もう我慢できませんっ」

突然、博道は叫ぶと、美彩子の口腔内から勃起を引き抜く。

唾液にまみれた肉棒をぼんやり眺めていると、今度は正面に彼の顔が現れた。

気づかぬうちに口づけされる。最初から舌を絡めた濃厚なものだ。

(フェラした口だというのに、貪《むさぼ》るようにキスしてくれて……)

美彩子は感動を覚えていたが、それは一瞬にして原色の快楽に塗りつぶされた。

「んぐっ……うあ、あああっ!」

対面座位の姿勢で蜜膜に剛直が侵入してきた。いっさいの遠慮がない唐突な挿入だ。

(いきなり奥まで……ああ、ダメっ……イッちゃうっ、入れられただけでイクっ!)

目の前がフラッシュし、全身の筋肉が硬直する。

ドクンと身体が大きく跳ね上がる。たわわな乳房が遅れて揺れた。

「ひあっ、あ、ああっ! イックぅ……あ、ああぁん!」

隘路が肉棒を食い締めて、絶頂の尾を長引かせる。

濡れた四肢は戦慄いて、身体を支えるのもやっとだった。

「はぁ、ぁ……はぁ……うぅ……んぐっ!」

絶頂の波が去って呼吸を繰り返していると、再び博道が唇を奪ってくる。頭を摑まれ舌をねじ込まれた。突然の激しい口づけに、たまらず目を見開いてしまう。

（私、貪られてるっ。お口もアソコも……博道さんに好き放題にされて……っ）

呼吸すら許さない熱烈なディープキスに、美彩子の意識は朦朧《もうろう》とした。

だが、そんな夢見心地を獣と化した少年は許さない。

「んんっ……んぐっ！　んぶっ、んふぅ！　んあ、あああっ！」

博道が再び肉棒を押し込んできた。

今度は入れるだけではない。押しては引いてのピストンだ。

打ち込みは最初から激しくて大きい。濡れた肉同士の打擲《ちょうちゃく》音が浴室の空気を震わせる。

「ああっ、気持ちいいですっ。美彩子さんのオマ×コ、めちゃくちゃ気持ちいいっ。腰、止まんないですっ」

博道は美彩子の腰を両手で摑んでがっしりと固定する。

逃げることの叶わぬ淫らな牝は、牡からの衝撃のすべてを膣奥で受け止めた。

「うあ、あああ！　ダメっ、これダメ！　それダメぇええっ！」

肉槍が突き入れられるたびに、壮絶な快楽が体内で吹きすさぶ。

もはや腕は身体を支えられず、少年の腕にしがみついた。

（そんなに激しくしちゃダメっ。狂っちゃうっ、おかしくなっちゃう！）

もはや言葉すら満足に発せられず、美彩子は湧き上がる快楽のままにわめき散らした。

「美彩子さん、すごいですよ。おま×こがグチャグチャ音がして。いくらなんでも濡らしすぎですよっ」

真下から響く粘着音は、あまりにもはしたなくて下品だった。

大きく開いた股間へ、少年の下腹部が休むことなくぶつけられる。

美彩子の淫液は細かく泡立っては白濁と化し、股間はもちろん、内ももまでをも汚していた。

漂ってくる淫臭は濃厚で、羞恥も相まって目眩がしそうだ。

「はぁ、あああんっ！　イヤっ、イヤイヤイヤぁ！」

耐えがたい羞恥と強烈な官能に、美彩子は狂ったように首を振る。

黒髪が振り乱れ、額や頬に貼りついた。何本かを咥えてしまうが、それを外すだけの余裕などない。

「くぅ、ぅ……そろそろ出そうです……ああっ、めちゃくちゃ締まるっ」

汗まみれの博道の顔が苦悶に歪む。

無意識に膣膜を締めていた。それを怒張がうなりをあげて押し拡げる。

「ああ、あああぁっ、出してっ。中に出してくださいぃ……私を中から博道さんで満たしてぇ！」

牝の本能が射精を懇願し、ぐぐっと膣奥を押しつけてしまう。

絶対に離れるものかと四肢が動いて、全力で博道にしがみつく。

そして、すぐだった。

「ううう、出しますっ。一番奥で……ぐぅ、ぅ！」

暴力的な貫きを受けた刹那、身体の奥深くで若い滾《たぎ》りが爆発した。

灼熱液が最奥部に叩きつけられる。

弾みで頭が真っ白になった。

「うがっ、あああっ！ ひぃ、っ！ あ、ああっーーっ！」

もはや声すら出せなかった。恐ろしいほどの喜悦に美彩子の意識はつぶされる。

爆発は二度、三度と断続的に湧き上がった。そのたびに勃起は跳ねて、濃厚な精液を注いでくる。

（こんなの……無理……忘れることなんてできない……。もっと……もっともらわなきゃ……永遠に私の身体に博道さんを刻んでもらわなきゃ……）

子種液を充塡《じゅうてん》されながら、美彩子はさらなる淫らな時間に思いを馳せた。

5

再び寝室に戻った二人は、完全に色欲に狂っていた。

博道を仰向けにして、美彩子は休むことなく腰を振る。

結合部は愛液と精液とでグチャグチャだ。下品な淫臭は濃度を増すばかりである。

「あ、ああっ！　奥がゴリゴリって……あ、ぁぅ……すごいですっ、腰止まんないですっ」

美彩子の腰遣いは熱烈だった。前後左右に腰を振り、さらには円を描くようにくねらせる。

「うあ、ぁ……その動きヤバいです……ああ、気持ちよすぎる……っ」

博道は快楽に顔を歪めて、歯を食いしばっていた。美彩子の腰と乳房に重なる手が、力を込めて握ってくる。

「そうですよ……ああ、どこまでも気持ちよくなってください……私のココでいつまでも……はぁ、ぁん！」

博道が下から肉槍を押し込んでくる。子宮口がつぶされて、途方もない喜悦が脳天を貫いた。

（もうわからない……何回イッてるのか……イクのが終わったのかどうかすらわからない……こんなのダメ……私、本当に戻れなくなっちゃう……っ）

凄まじい快楽が、自らの決めた誓いを崩しにかかる。

もう博道とは関係しない。この三日間ですべての関係を終わらせる。

そう娘に宣言したのに、決意がぐらついてしまう。

（結那の提案は母親としては絶対に受け入れられない……突っぱねるのが正解だと信じていたのに……ああっ）

娘公認で博道に二股をかけさせるという提案は、母親としては拒否しなければいけないと信じていた。

なのに、今さらになって後悔の念が強くなる。

もっと博道を感じたい。肌に触れて、指を絡めて、熱い吐息を重ね合う。そんな至福の夢のような日々がずっと続けば、どれだけ素晴らしいことだろう。

（でも……それは夢でしかない。未来のある博道さんを、そんな狂った享楽の世界に閉じ込めるのは、大人として許されない）

肌を重ねて、快楽を享受《きょうじゅ》し合うだけが愛ではない。

道を踏み外して向かう方向を見失ったときに、正しい場所を指し示すのも確かな愛だ。

短くも濃厚だった博道との日々が脳内を駆け巡る。リビングでの口づけ、一線を越えた夜、恋人同士のように思えたデートと温泉旅行。絶対に忘れることのない、煌《きら》びやかな記憶たちだ。

（私はもう充分すぎるほどの思い出と想いを受け取った。これ以上を求めるのは贅沢すぎる。あとはすべて結那に与えてほしい。それが私の……最後の願い）

美彩子は渾身の力で股間を押し出す。続いて、力任せに結合部を揺さぶった。

逞しい肉傘が膣奥をえぐり、子宮口を圧迫する。その悦楽は、大人の女としての矜《きょう》持《じ》を崩すには充分だった。

「み、美紗子さん……っ」

博道が驚きに目を見開いた。

彼と視線が合った瞬間、歪んだ視界からいくつもの雫が滴り落ちる。

泣いている。それに気づいたときには、もう涙は止められなかった。

「ど、どうしたんですか？　僕、もしかして酷いことをしてしまいましたか？」

女の涙に慣れていないのだろう。博道は起き上がって心配そうに覗いてくる。

(逆なのに。とてもよくしてくれた。よくしてくれすぎたからなのに……っ)

美彩子は何も言わずに首を振る。

そして、再び必死な腰振りを博道へと与えていく。

「うぐっ……待ってくださいっ。このままじゃ出ますっ。泣いてるのに出してしまいますっ」

「出してください！　私の涙を止めたいのなら、このまま中に出してください！　お願いしますっ、私の中に博道さんを焼き付けてっ！」

慟哭《どうこく》とも言うべき叫びのなか、最も深い場所で熱い飛沫が湧き上がる。

膣膜は肉棒を食い締めていた。寸分の隙間も作らないように、ぴったりと吸着する。

より強く少年を感じられるように。少しでも多く注がれたものを残せるように。

静井美紗子という馬鹿な女がいたことを、少年に染み込ませた。

◉新人作品**大募集**◉

マドンナメイト編集部では、意欲あふれる新人作品を常時募集しております。採用された作品は、本人通知のうえ当文庫より出版されることになります。

【応募要項】未発表作品に限る。四〇〇字詰原稿用紙換算で三〇〇枚以上四〇〇枚以内。必ず梗概をお書き添えのうえ、名前・住所・電話番号を明記してお送り下さい。なお、採否にかかわらず原稿は返却いたしません。また、電話でのお問い合せはご遠慮下さい。

【送付先】〒一〇一－八四〇五 東京都千代田区神田三崎町二－一八－一一 マドンナ社編集部 新人作品募集係

彼女《かのじょ》の母親《ははおや》に欲情《よくじょう》した僕《ぼく》は……

二〇二三年 三月 十日 初版発行

著者◉羽後 旭【うご・あきら】

発行◉マドンナ社
発売◉二見書房
東京都千代田区神田三崎町二－一八－一一
電話 〇三－三五一五－二三一一（代表）
郵便振替 〇〇一七〇－四－二六三九

印刷◉株式会社堀内印刷所 製本◉株式会社村上製本所 落丁・乱丁本はお取替えいたします。定価は、カバーに表示してあります。

ISBN978-4-576-23014-6 ◉Printed in Japan ◉

Madonna Mate